MON CAHIER de préparation au GRAND ORAL

Sous la direction de Stéphane de Freitas

Coordination enseignants : Élodie Pinel
agrégée de Lettres, spécialiste de l'oralité

Oriane AGUILLON
agrégée de SVT

Aymeric BIANGONGA
agrégé de SES

Florence COLIN
certifiée en documentation, formatrice INSPE de Créteil (UPEC)

Josiane DECERF
certifiée en documentation, formatrice INSPE de Créteil (UPEC)

Philippe JAUBERT
certifié de Technologie, chargé d'enseignement en informatique (NSI et SNT)

Laurie LAVOGEZ
certifiée d'Histoire-Géographie

Geneviève PONSONNET
agrégée de Physique-Chimie

Ludovic POTTIER
certifié d'Économie-Gestion

Avec la collaboration de **Gaëlle ROLIN**

Le Robert

Des mini-liens donnant un accès direct à de multiples ressources

MINI-LIENS

minilienrobert.com/1GC

Tapez le lien qui apparaît sur certaines activités et les ressources s'affichent.

- ☑ Des documents vierges pour recommencer certaines activités
- ☑ Des exemples de questions dans chaque spécialité
- ☑ Des activités approfondies

POUR VOUS :

Les ressources complémentaires disponibles aussi sur le site **grand-oral.lerobert.com**

Direction éditoriale : Mélanie Louis
Édition : Charlotte Lebot
Conception graphique de la couverture : Margot Dubosq
Conception graphique de l'intérieur et mise en page : Emmanuelle Audebrand et Marina Delranc – Marguerite
Correction : Nathalie Massin
Infographies : Pauline Clavel
Fabrication : Nicolas Zeifman

ISBN : 978-2-32101-685-4

AVANT-PROPOS

Le Grand oral est une nouveauté de la réforme du baccalauréat mise en place pour la session 2021. Suscitant beaucoup d'inquiétude et de questions, cette épreuve, nouvelle dans son organisation et son évaluation, est pourtant dans la continuité d'épreuves anciennes dans son principe.

Parce que le Grand oral répond à des calendriers différents selon les rythmes de chacun·e, nous avons tenu à proposer des rétroplannings pour vous aider à organiser votre travail. Nous avons inséré des pages de bilan à la fin de chaque étape pour vous permettre de mesurer l'avancement du travail avec votre tuteur, professeur·e ou autre.

Parce qu'elle concerne vos enseignements de spécialités ou spécifiques, cette épreuve est nouvelle. Elle exige de vous, élève, que vous réfléchissiez à des questions qui croisent vos centres d'intérêt, votre projet d'orientation et les programmes de ces enseignements. Pour vous aider, ce cahier propose une première partie pour affiner votre orientation grâce à des formatrices et formateurs dédiés·es.

Parce que vous devez parvenir à formuler une question percutante qui suscite votre enthousiasme tout au long de la préparation, ce cahier propose dans ses deuxième et troisième parties, des exercices sur le choix et l'élaboration de vos questions.

Parce que le Grand oral évalue en priorité l'oral, il encourage chacun·e à prendre la parole et met l'éloquence au cœur de la formation. Ce cahier (notamment dans sa quatrième partie) poursuit la collaboration établie avec Stéphane de Freitas autour de sa pédagogie de l'oral présentée dans le film documentaire *À voix haute*, et dans les livres déjà publiés aux éditions Le Robert, *Porter sa voix* et le *Guide du Grand oral.*

Parce que le Grand oral est parfois encadré par les professeurs·es et parfois préparé en autonomie, vous avez besoin d'un support d'entraînement. Le cahier que nous proposons décline des activités à remplir et des rubriques pratiques (« conseils malins », « bon à savoir »). Un espace pour prendre de notes supplémentaires vous est réservé à la fin de l'ouvrage. Vous trouverez aussi des renvois à des ressources numériques supplémentaires. Elles sont toutes disponibles à l'adresse suivante :

MINI-LIENS **minilienrobert.com/1GC**

L'ensemble de l'équipe d'autrices et d'auteurs des éditions du Robert souhaite à toutes et tous une belle préparation à ce rituel de passage qu'est désormais le Grand oral !

L'équipe d'autrices et d'auteurs du *Cahier de préparation au Grand oral*

SOMMAIRE

QU'EST-CE QUE LE GRAND ORAL ?

Sur quoi porte le Grand oral ?

- → Vous allez choisir de traiter **deux questions : une question pour chaque enseignement de spécialité** ou deux questions transversales.
- → **C'est à vous de trouver vos questions.**
- → Le choix des questions doit **refléter votre projet d'études ou d'orientation**.
- → **L'épreuve est coefficient 10 en voie générale et 14 en voie technologique**.

BON À SAVOIR
Le jury est composé de deux professeurs·es de disciplines différentes : l'un·e représente l'un des deux enseignements de spécialité de la candidate ou du candidat et l'autre représente l'autre enseignement de spécialité ou l'un des enseignements communs, ou est professeur·e documentaliste.

Une épreuve en trois temps

PRÉPARATION

Préparation de la question et, éventuellement, d'un support écrit à remettre au jury
20 minutes

PASSAGE

Sans notes devant le jury en trois temps
20 minutes

Premier temps	Deuxième temps	Troisième temps
Présentation de la question choisie par le jury. **5 minutes** debout	Échange avec le jury sur la question et le programme du cycle terminal de spécialités. **10 minutes** debout ou assis	Échange sur votre projet d'orientation : montrer en quoi la question traitée éclaire votre projet de poursuite d'études, voire votre projet professionnel. **5 minutes** debout ou assis

Je repère ce que je dois faire pour réussir

LA PRÉPARATION (20 MINUTES)

Pour réussir ce temps de l'épreuve je dois :

- ☐ Avoir choisi deux questions issues du programme de 1re ou Tle de mes enseignements de spécialité, validées par mes enseignants·es.
- ☐ Avoir fait des recherches sur ces deux questions et y avoir apporté une réponse validée par mes enseignants·es.
- ☐ Avoir construit un discours de 5 minutes restituant ces réponses (un par question).
- ☐ M'être entraîné·e à mobiliser rapidement mes idées.
- ☐ Être capable de créer un support visuel d'une page pour le jury.

LA PRÉSENTATION D'UNE QUESTION (5 MINUTES)

Pour réussir ce temps de l'épreuve je dois :

- ☐ Maîtriser mon sujet en m'étant informé·e au-delà de la simple réponse à la question.
- ☐ Être capable d'expliquer pourquoi cette question m'intéresse et en quoi elle est intéressante.
- ☐ Être capable de m'exprimer clairement à l'oral, sans trop bouger, en regardant le jury.
- ☐ M'être entraîné·e à utiliser le temps imparti pour parler sans notes.

L'ÉCHANGE AVEC LE JURY (10 MINUTES)

Pour réussir ce temps de l'épreuve je dois :

- ☐ Être capable de mobiliser rapidement mes connaissances.
- ☐ Être capable de m'exprimer clairement dans une situation d'interaction : j'écoute les questions, je réponds sans couper la parole, je regarde le jury.

L'ÉCHANGE SUR LE PROJET D'ORIENTATION (5 MINUTES)

Pour réussir ce temps de l'épreuve je dois :

- ☐ Avoir identifié ma situation d'orientation.
- ☐ Être capable de faire des liens entre mes enseignements de spécialité et mes choix post bac.

La grille indicative d'évaluation du Grand oral

	Qualité orale de l'épreuve	Qualité de la prise de parole en continu	Qualité des connaissances	Qualité de l'interaction	Qualité et construction de l'argumentation
Très insuffisant	Difficilement audible sur l'ensemble de la prestation. Le candidat ne parvient pas à capter l'attention.	Énoncés courts, ponctués de pauses et de faux démarrages ou énoncés longs à la syntaxe mal maîtrisée.	Connaissances imprécises, incapacité à répondre aux questions, même avec une aide et des relances.	Réponses courtes ou rares. La communication repose principalement sur l'évaluateur.	Pas de compréhension du sujet, discours non argumenté et décousu.
Insuffisant	La voix devient plus audible et intelligible au fil de l'épreuve mais demeure monocorde. Vocabulaire limité ou approximatif.	Discours assez clair mais vocabulaire limité et énoncés schématiques.	Connaissances réelles, mais difficulté à les mobiliser en situation à l'occasion des questions du jury.	L'entretien permet une amorce d'échange. L'interaction reste limitée.	Début de démonstration mais raisonnement lacunaire. Discours insuffisamment structuré.
Satisfaisant	Quelques variations dans l'utilisation de la voix ; prise de parole affirmée. Il utilise un lexique adapté. Le candidat parvient à susciter l'intérêt.	Discours articulé et pertinent, énoncés bien construits.	Connaissances précises, une capacité à les mobiliser en réponses aux questions du jury avec éventuellement quelques relances.	Répond, contribue, réagit. Se reprend, reformule en s'aidant des propositions du jury.	Démonstration construite et appuyée sur des arguments précis et pertinents.
Très satisfaisant	Qualités prosodiques marquées (débit, fluidité, variations et nuances pertinentes, etc.). Le candidat est pleinement engagé dans sa parole. Il utilise un vocabulaire riche et précis.	Discours fluide, efficace, tirant pleinement profit du temps et développant ses propositions.	Connaissances maîtrisées, les réponses aux questions du jury témoignent d'une capacité à mobiliser ces connaissances à bon escient et à les exposer clairement.	S'engage dans sa parole, réagit de façon pertinente. Prend l'initiative dans l'échange. Exploite judicieusement les éléments fournis par la situation d'interaction.	Maîtrise des enjeux du sujet, capacité à conduire et exprimer une argumentation personnelle, bien construite et raisonnée.

D'après le Bulletin officiel spécial n°2 du 13 février 2020.

Je comprends l'épreuve et j'organise mon travail

J'organise mon travail en fonction du temps dont je dispose

Si vous avez plus de temps, vous pouvez même commencer avant le début de l'année de terminale, p. 10

OPTION 1 JE COMMENCE DÈS LE DÉBUT DE L'ANNÉE

	Sept.	Oct.	Nov.	Déc.	Janv.	Fév.	Mars	Avril	Mai	Juin	Jour J
Première réflexion sur le projet professionnel et sur l'orientation post bac	■	■									
Suite de la réflexion			■	■							
Préparation des 5 minutes d'oral pour le projet professionnel			■	■							
Inscription Parcoursup					■						
Entraînement oral pour le projet professionnel					■						
Réflexion sur les questions possibles						■					
Écrit de spécialités							■				
Choix des questions							■				
Traitement des questions							■	■			
Entraînement au Grand oral									■	■	
Récupération de la liste des questions signée										■	
Passage du Grand oral											■

OPTION 2 JE COMMENCE APRÈS LES ÉCRITS

	Mars	Avril	Mai	Juin	Jour J
Réflexion sur les questions possibles	■				
Préparation des 5 minutes pour le 3e temps de l'oral	■				
Choix des questions		■			
Traitement des questions		■	■		
Entraînement au 3e temps de l'oral		■	■		
Entraînement au Grand oral (1er et 2e temps)				■	
Récupération de la liste des questions signée				■	
Passage du Grand oral					■

Au fil des trois années de lycée, je travaille toutes les compétences dont j'ai besoin

EN PREMIÈRE

	Fait
Je réfléchis à mon projet d'orientation	
Je fais un bilan personnel. → ***p. 16***	
J'identifie ma situation d'orientation. → ***p. 23***	
Je travaille mes compétences à l'oral	
J'articule. → ***p. 118***	
Je soigne ma posture. → ***p. 122***	
Je me sers de mes mains. → ***p. 125***	
Je me sers de mon regard. → ***p. 126***	
Je m'entraîne à oraliser mon discours	
À l'action. La ponctuation du silence. → ***p. 119***	
À l'action. Le rythme et l'intonation de la déclamation. → ***p. 120***	
J'évacue le stress. → ***p. 127***	

LE CONSEIL MALIN
Vous pouvez encore plus anticiper et commencer à travailler ces compétences dès la seconde !

EN TERMINALE

		Fait
AU PREMIER TRIMESTRE		
SEPTEMBRE	**Je peux expliquer pourquoi j'ai arrêté un enseignement de spécialité.**	
OCTOBRE-DÉCEMBRE	**Je regarde le programme de terminale, je trouve deux questions :**	
	Je formule mes questions. → ***p. 44***	
	Je fais le lien entre mes questions et moi. → ***p. 50***	
	Je valide mes questions. → ***p. 56***	
	J'échange avec mes proches. → ***p. 60***	
AU DEUXIÈME TRIMESTRE		
JANVIER-MARS	**Je réponds à mes questions à travers une recherche d'informations :**	
	Je fais une revue de presse. → ***p. 66***	
	Je teste la fiabilité des sources. → ***p. 78***	
	Je me constitue une pochette de documentation. → ***p. 80***	
	Je finalise mes choix d'orientation post bac à travers mes vœux Parcoursup et je remplis la fiche de synthèse. → *p. 38*	
MARS	**Je prépare la présentation de mon projet professionnel. → *p. 98***	
AU TROISIÈME TRIMESTRE		
AVRIL	**Je construis et j'écris mon discours. → *p. 84***	
AVRIL-JUIN	**Je continue à m'informer sur les thématiques de mes questions et je fais une revue de presse. → *p. 66***	
MAI-JUIN	**Je conçois mon support écrit. → *p. 88***	
	Je m'entraîne à restituer mes deux questions et mon projet professionnel à l'oral dans le temps imparti :	
	Je passe d'un texte complètement rédigé à un oral sans notes. → ***p. 108***	
	Je répète. → ***p. 116***	
	J'anticipe les questions qui pourront être posées. → ***p. 96***	
JUIN	Si j'ai des réponses Parcoursup, je les intègre dans la présentation de mon projet professionnel.	

BILAN

J'ai bien compris l'organisation de l'épreuve

QCM A

JE SUIS INCOLLABLE SUR LE CADRE GÉNÉRAL DE L'ÉPREUVE

		Vrai	Faux
1	Le jury choisit une des deux questions que j'ai préparées.		
2	Les deux questions sont traitées.		
3	Je dispose d'un temps de préparation de 20 minutes.		
4	Le support écrit doit être prêt avant l'épreuve .		
5	Le support préparé durant les 20 minutes de préparation sera évalué.		
6	L'exposé se fait sans notes.		
7	L'épreuve devant le jury dure 20 minutes en tout.		
8	L'épreuve devant le jury est découpée en trois temps.		
9	La feuille avec les deux questions à présenter au jury doit être signée par mes professeurs·es des enseignements de spécialité et doit porter le cachet de mon établissement.		

Réponses : 1V 2F 3V 4 F 5F 6V 7V 8V 9V

QCM B

JE SUIS INCOLLABLE SUR LES DIFFÉRENTS TEMPS DE L'ÉPREUVE

		Vrai	Faux
1	La candidate ou le candidat peut remettre au jury un support écrit réalisé pendant le temps de préparation.		
2	Le premier temps dure 5 minutes.		
3	La candidate ou le candidat doit rester debout durant la totalité de l'épreuve.		
4	Le jury pose ses questions à la toute fin de l'épreuve.		
5	La candidate ou le candidat présente sa question au premier temps de l'épreuve.		
6	Le temps d'échange après la présentation de la question avec le jury dure 10 minutes.		
7	Le jury peut interroger la candidate ou le candidat sur n'importe quelle partie du programme du cycle terminal (1re et Tle) de ses enseignements de spécialité.		
8	Le troisième temps d'échange sur le projet d'orientation dure 5 minutes.		

Réponses : 1V 2V 3F 4 F 5V 6F 7V 8V

AUTO-BILAN

Mon score au QCM A : .... / 9	**Mon score au QCM B : .... / 8**
Je sais précisément comment se déroule l'épreuve : ☐ **Oui** ☐ **Non**	**Validation et commentaire du tuteur**

ÉTAPE

1

Les ressources numériques disponibles

- **Des activités approfondies** pour identifier mes *soft skills*
- **Des documents vierges** pour recommencer certaines activités si j'en éprouve le besoin

MINI-LIENS minilienrobert.com/1GC

JE FAIS LE POINT

LES OBJECTIFS de cette étape

- ☐ **Objectif 1 :** J'identifie ma situation d'orientation
- ☐ **Objectif 2 :** J'identifie les thèmes du programme sur lesquels appuyer mes questions
- ☐ **Objectif 3 :** Je fais la synthèse des objectifs 1 et 2

LES COMPÉTENCES ET LES CRITÈRES DE NOTATION travaillés dans cette étape

- ☐ Montrer que vous savez conduire et exprimer une réflexion personnelle qui témoigne d'une curiosité intellectuelle
- ☐ Exprimer vos motivations
- ☐ Travailler la qualité et la construction de l'argumentation

OBJECTIF 1 Je choisis mon orientation

ACTIVITÉ 1
Je fais un bilan personnel

MES IDÉES EN VRAC
quand je pense à mon orientation

MES ATOUTS
Je suis fort·e en

À L'ACTION MES TROIS PRINCIPALES QUALITÉS

COMPÉTENCES TRAVAILLÉES
la créativité ; la maîtrise du corps et de la voix

OBJECTIF
travailler sur l'estime de soi

DURÉE TOTALE
7 minutes

ÉTAPE 1 · PRÉPARATION · 2 minutes
Identifiez trois qualités qui vous caractérisent et définissez-les.

ÉTAPE 2 · PRÉSENTATION DEVANT VOS CAMARADES · 5 minutes
Pendant le temps imparti, présentez à un ou plusieurs camarades vos trois qualités : décrivez chaque qualité et donnez un exemple de situation où elle a pu s'illustrer dans votre vie.

MES *SOFT SKILLS* ou savoir-être

....

....

....

....

....

....

....

....

....

....

....

....

....

....

....

....

....

BON À SAVOIR

Les *soft skills* représentent **les compétences que l'on utilise dans la vie quotidienne.** En voici quelques-unes :

- Capacité à prendre une décision
- Confiance en soi
- Capacité à avoir confiance dans les autres
- Capacité à communiquer
- Capacité à gérer son temps

À L'ACTION LES *SOFT SKILLS*

COMPÉTENCES TRAVAILLÉES
l'introspection

OBJECTIF
établir une liste de compétences personnelles

DURÉE TOTALE
1 heure - 1 heure 30

ÉTAPE 1 · LE QUESTIONNEMENT · 30 minutes

Lorsque vos professeurs·es mentionnent une personnalité publique, notez son nom. Puis essayez ensuite de compléter les informations suivantes à chaque fois :

- Sa biographie (quelques faits marquants, ses dates de naissance et de mort, des proches importants).
- Son ou ses domaines d'expertise (ce pourquoi elle ou il est connu·e).
- Son parcours (comment elle ou il est parvenu·e à ce qui l'a fait connaître).
- Des anecdotes marquantes.

ÉTAPE 2 · DRESSEZ LA LISTE DES *SOFT SKILLS* · 10 minutes

À partir de ces informations, essayez de mettre au point la liste de *soft skills* de la personne étudiée. Demandez-vous ensuite quels sont les points communs et les différences avec votre personnalité.

ÉTAPE 3 · LA VALIDATION · 20 minutes

Si possible, faites un bilan avec l'enseignant·e, qui le valide ou qui fait d'autres suggestions.

Pour aller plus loin MINI-LIENS minilienrobert.com/1GC

MES INTÉRÊTS

....

....

....

....

....

....

....

....

....

....

....

....

....

....

....

....

....

À L'ACTION IDENTIFIEZ LES SECTEURS PROFESSIONNELS QUI VOUS CORRESPONDENT

COMPÉTENCES TRAVAILLÉES
l'introspection

OBJECTIF
identifier des environnements qui vous correspondent

DURÉE TOTALE
30 minutes - 1 heure

Dans cet exercice, vous allez vous interroger sur vous-même pour définir votre personnalité et vous aider à vous orienter.

ÉTAPE 1 · INTERROGEZ-VOUS SUR VOTRE PERSONNALITÉ · 15 minutes
À plusieurs, prononcez-vous tour à tour sur la personnalité des autres en indiquant 2 principaux défauts et 2 principales qualités.
Indiquez aussi ① quels métiers vous voyez les autres faire plus tard et ② là où vous les imaginez dans 10 ans. Est-ce que vos camarades tombent juste vous concernant ?

ÉTAPE 2 · RÉFLÉCHISSEZ LIBREMENT À DES ENVIRONNEMENTS PROFESSIONNELS · 15 minutes
Si le métier que vous attribuent les autres vous convient, ou si vous avez déjà une idée de métier, posez-vous les questions suivantes :
- Quelles sont les études nécessaires pour faire ce métier ?
- Quelles sont les compétences à développer ?

Explorez le(s) secteur(s) professionnel(s) ou métier(s) proposé(s) via différents sites internet, p. 25

MES MOTIVATIONS

....

....

....

....

....

....

....

....

....

....

....

MES ENGAGEMENTS

Je me lève pour ....

....

....

....

....

....

....

Je me bats contre ....

....

....

....

....

....

....

....

BON À SAVOIR

Dans le milieu professionnel, on parle de moins en moins de « métier » mais plutôt de **« profil »** : à chacun d'entre nous correspondent des **compétences**, des **qualités** et des **objectifs** qui peuvent mener à un ensemble de métiers parfois très différents.

À L'ACTION MOI, PRÉSIDENT·E

COMPÉTENCES TRAVAILLÉES
la créativité ;
la structuration de votre propos ;
la mobilisation de vos connaissances

OBJECTIF
formuler des opinions assumées et argumentées ;
inscrire vos engagements dans des actions concrètes

DURÉE TOTALE
30 minutes

Vous devez préparer un discours pour présenter les trois mesures que vous voudriez prendre ou les trois inégalités que vous souhaiteriez résorber, si vous étiez élu·e président·e de la République.

ÉTAPE 1 · PRÉPARATION · 20 minutes
Préparez le texte. Réfléchissez à une introduction dans laquelle vous vous mettez dans la peau de la présidente ou du président. Présentez-vous comme tel·le, en remerciant le public de vous avoir élu·e. Puis annoncez votre plan : présentez les trois idées que vous allez défendre. Ensuite, développez ces trois mesures. Pour chaque idée, vous devez respecter ces trois temps :
- énonciation de la mesure (l'idée) ;
- explication de la mesure (les arguments) ;
- exemple de la façon dont elle serait mise en œuvre (les exemples).

ÉTAPE 2 · DISCOURS DU PRÉSIDENT OU DE LA PRÉSIDENTE · 5 minutes
Présentez ensuite votre discours au public, en détaillant vos mesures.

ÉTAPE 3 · DÉBAT ET BILAN · 5 minutes
Échangez ensuite avec le public. Il peut vous dire s'il approuve ou non vos mesures et pourquoi. Le public doit faire ses remarques en respectant les trois règles d'or (respect, écoute, bienveillance).

À L'ACTION INVENTER LE MONDE DE DEMAIN

Le numérique transforme les métiers existants et en crée de nouveaux. Beaucoup de métiers d'aujourd'hui n'existeront plus dans dix ans. Il faut donc bien se connaître pour pouvoir évoluer avec eux.

ÉTAPE 1 · EXPLORER

Rendez-vous sur le site **https://futureofwork.oecd.org/fr/portraits** et explorez les portraits proposés.

ÉTAPE 2 · RETENEZ TROIS IDÉES QUE VOUS PARTAGEZ SUR L'AVENIR DU TRAVAIL

Idée 1 : ....

Idée 2 : ....

Idée 3 : ....

ÉTAPE 3 · DONNEZ VOTRE PROPRE AVIS SUR L'AVENIR DU TRAVAIL

....

ÉTAPE 4 · TENTEZ DE RÉPONDRE À LA QUESTION « QUEL EST VOTRE PLUS GRAND ESPOIR ? »

Mon plus grand espoir est ....

À L'ACTION EN CONCLUSION, IL ÉTAIT UNE FOIS... MOI

Synthétisez tous vos résultats sous la forme d'un texte, d'un dessin, d'une carte mentale, d'un photomontage, etc. C'est le moment de vous mettre en scène !

MON BILAN PERSONNEL à partir des réflexions précédentes

Mes idées en vrac quand je pense à mon orientation	• ... • ... • ...
Mes atouts	• ... • ... • ...
Mes *soft skills* ou savoir-être	• ... • ... • ...
Mes intérêts	• ... • ... • ...
Mes motivations	• ... • ... • ...
Mes engagements	• ... • ... • ...
Inventer le monde de demain	• ... • ... • ...
En conclusion, il était une fois... moi	• ... • ... • ...

ACTIVITÉ 2
Dans quelle situation d'orientation suis-je ?

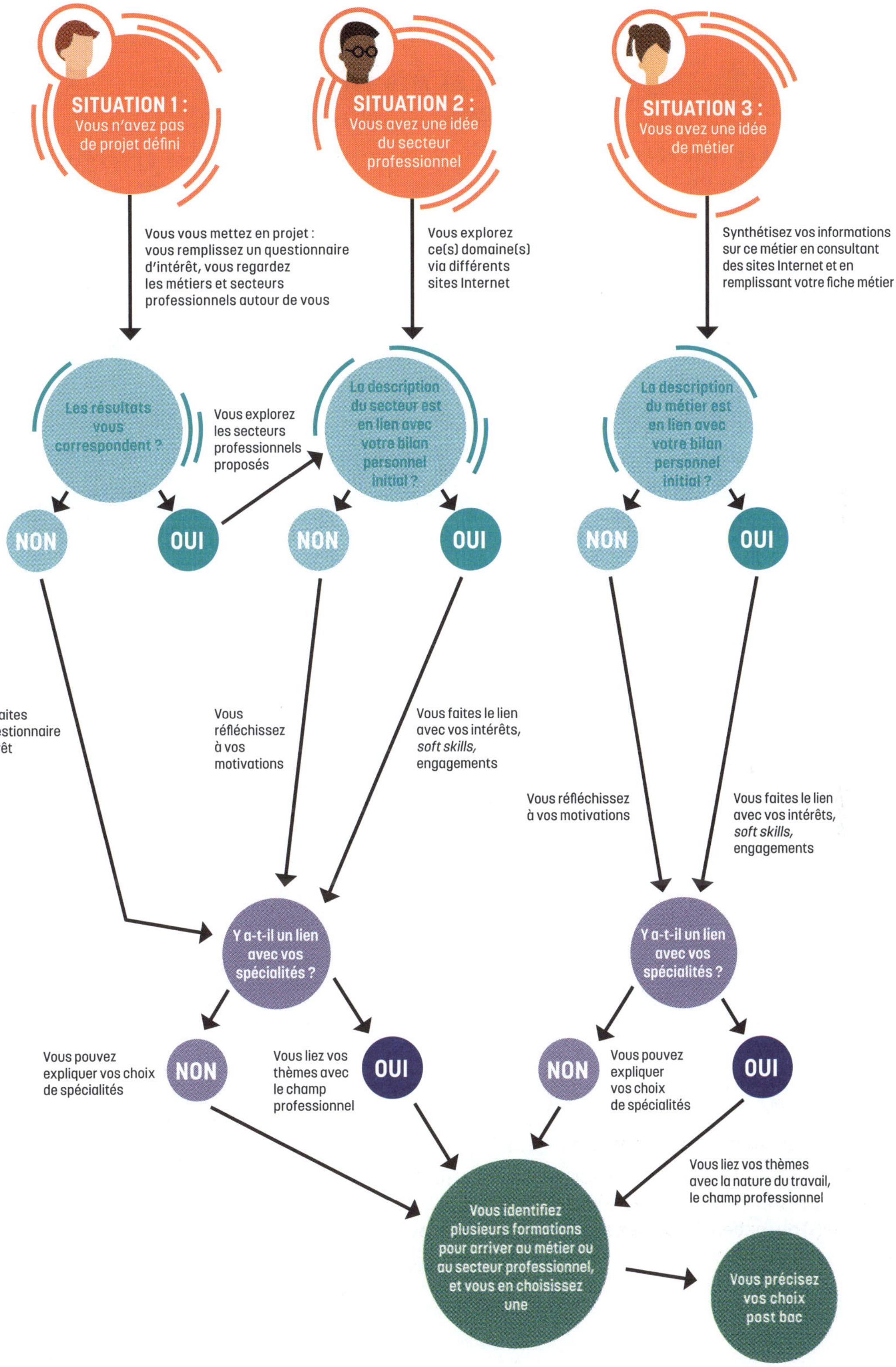

ÉTAPE 1

Identifiez les liens entre vos intérêts (→ p. 18) et vos spécialités

MES INTÉRÊTS ET MES SPÉCIALITÉS

Mes intérêts	Lien avec mes spécialités

Les résultats me correspondent-ils ?

☐ **NON** Faites un questionnaire d'intérêt.

☐ **OUI** Complétez les parties de votre bilan personnel (p. 22) qui auraient pu rester vierges. Faites la liste du / des secteur(s) professionnel(s) ou métier(s) associés à vos intérêts puis passez à l'étape suivante.

BON À SAVOIR

Il existe des **questionnaires d'intérêt** qui proposent des secteurs professionnels ou des métiers en lien avec vos réponses. Vous en trouverez plusieurs sur Internet, sur le site de l'Onisep par exemple.

ÉTAPE 2

Explorez le(s) secteur(s) professionnel(s) ou métier(s) proposé(s) via différents sites internet

LE MÉTIER / SECTEUR PROFESSIONNEL QUI M'INTÉRESSE	
Quoi ?	....
Qui ?	....
Où ?	....
Quand ?	....
Pourquoi ?	....
Quelles qualités ?	....

ÉTAPE 3

Faites le lien avec votre bilan personnel

MOI ET MON MÉTIER / MON SECTEUR PROFESSIONNEL

	Vous	Fiche de description du métier
Intérêts	....	....
Engagements	....	....
Compétences scolaires	....	....
Soft skills	....	....
Motivations	....	....

La description de ce métier/ce secteur professionnel est-elle en lien avec mon bilan personnel ?

☐ **OUI** Passez à l'étape suivante.

☐ **NON** Avant de passer à l'étape suivante, réfléchissez à vos motivations.

MES MOTIVATIONS

....

....

....

....

....

ÉTAPE 4

Identifiez les liens entre le métier / le secteur professionnel qui vous intéresse et les programmes

LES LIENS (nature du travail, champ professionnel, etc.) entre le métier qui m'intéresse et mes spécialités

....

....

....

....

....

....

....

....

....

....

....

VOUS N'ARRIVEZ PAS À EN FAIRE LA LISTE ?

Essayez d'expliquer vos choix de spécialités et vos idées d'orientation. Reportez-vous aux programmes des spécialités, cela pourra vous aider.

MES CHOIX DE SPÉCIALITÉS et mes idées d'orientation

....

....

....

....

....

....

....

....

ÉTAPE 5

Définissez un parcours d'accès (études) à ce métier

LES FORMATIONS pour arriver au métier qui m'intéresse

Formation n° 1 ....

....

Formation n° 2 ....

....

Formation n° 3 ....

....

Je préfère la formation n° ....

ÉTAPE 6

Précisez vos choix post bac

QU'ATTEND-ON DE MOI DANS MES FUTURES ÉTUDES ?

....

....

....

....

....

....

....

....

....

BON À SAVOIR
Pour **connaître les attendus post bac** d'une formation, il suffit de consulter les fiches formations du site **Parcoursup** ou de celui de l'**Onisep**.

MOI ET MES ÉTUDES

Les attendus post bac	qui correspondent à mes compétences	qu'il me reste à travailler
....	☐	☐
....	☐	☐
....	☐	☐
....	☐	☐
....	☐	☐

ÉTAPE 7

Faites le point sur votre stratégie Parcoursup

MA STRATÉGIE SUR PARCOURSUP
(JE COCHE LES CASES QUI ME CORRESPONDENT)

J'ai formulé des vœux :
- ☐ en lien avec mon projet
- ☐ larges

J'ai un plan B ?
- ☐ Oui
- ☐ Non

LE CONSEIL MALIN
Pensez à actualiser cette partie avant le jour J !

ÉTAPE 8

Résumez votre situation d'orientation

MA SITUATION D'ORIENTATION RÉSUMÉE EN QUELQUES PHRASES

....
....
....
....
....
....
....
....
....
....
....

LE CONSEIL MALIN
N'hésitez pas à refaire cette activité 2 autant de fois que vous le souhaitez en vous posant les questions pour d'autres secteurs, d'autres métiers, d'autres études.

MINI-LIENS Vous pouvez imprimer des documents vierges à l'adresse **minilienrobert.com/1GC**

Tout au long de cette réflexion sur votre situation, remplissez la fiche synthèse.

Je fais la synthèse des objectifs 1 et 2, p. 38

OBJECTIF 2 J'identifie les thèmes du programme en lien avec mes questions

ACTIVITÉ 3
Je fais le point sur mes choix de spécialités

À L'ACTION POURQUOI AVEZ-VOUS CHOISI VOTRE SPÉCIALITÉ N° 1

Ma spécialité n° 1 : ....

J'aime ma spécialité n° 1 : ☐ Oui ☐ Non

Pourquoi ? ....

....

....

....

....

....

....

Les aspects qui m'intéressent le moins sont ....

....

....

....

....

....

....

....

Les aspects qui m'intéressent le plus sont ....

....

....

....

....

....

....

....

....

J'ai de bons résultats dans cette spécialité : ☐ Oui ☐ Non

Si oui, grâce à quelles aptitudes ?

- ....
- ....
- ....
- ....
- ....
- ....
- ....
- ....
- ....

Les aptitudes que je dois encore travailler pour progresser sont :

- ....
- ....
- ....
- ....
- ....
- ....
- ....
- ....
- ....

Cette spécialité est en phase avec mon projet d'orientation : ☐ Oui ☐ Non

Pourquoi ? ....

À L'ACTION POURQUOI AVEZ-VOUS CHOISI VOTRE SPÉCIALITÉ N° 2

Ma spécialité n° 2 : ....

J'aime ma spécialité n° 2 : ☐ Oui ☐ Non

Pourquoi ? ....

Les aspects qui m'intéressent le moins sont ....

Les aspects qui m'intéressent le plus sont ....

J'ai de bons résultats dans cette spécialité : ☐ Oui ☐ Non

Si oui, grâce à quelles aptitudes ?

- ....
- ....
- ....
- ....
- ....
- ....
- ....
- ....
- ....

Les aptitudes que je dois encore travailler pour progresser sont :

- ....
- ....
- ....
- ....
- ....
- ....
- ....
- ....
- ....

Cette spécialité est en phase avec mon projet d'orientation : ☐ Oui ☐ Non

Pourquoi ? ....

ACTIVITÉ 4
Sur quels thèmes appuyer mon travail ?

ÉTAPE 1

Identifiez les thèmes des programmes

ATTENTION

Dans certaines spécialités, les épreuves écrites ne tombent pas sur les mêmes thèmes chaque année. Cela a donc une incidence sur les thèmes à choisir. Les programmes indiquent les thèmes qui seront interrogés à l'écrit. Les autres seront traités plus tardivement dans l'année.

BON À SAVOIR

Un thème se formule avec un ou des **mot(s)-clé(s)** (ex. : la violence, la crise économique, les androïdes, etc.). Il correspond à un sujet que l'on peut traiter en formulant des opinions (ex. : la violence a toujours existé dans l'Histoire, la crise économique est évitable, les androïdes ne peuvent pas nous remplacer, etc.).

LE CONSEIL MALIN

Vous pouvez utiliser vos manuels scolaires pour retrouver les grands chapitres et les axes de travail étudiés avec vos professeurs·es. Vous pouvez aussi les consulter sur le site eduscol.education.fr.

ÉTAPE 2

Sélectionnez trois thèmes par spécialité

Trois thèmes de ma spécialité 1

1 ....

....

2 ....

....

3 ....

....

Trois thèmes de ma spécialité 2

1 ....

....

2 ....

....

3 ....

....

LE CONSEIL MALIN

Pour les sélectionner, de nombreux critères sont possibles : vous aimez ces thèmes, vous avez envie de traiter une question d'actualité en lien avec ces thèmes, vous maîtrisez ces notions de cours, ces thèmes vous sont familiers, en lien avec votre projet d'orientation, etc.

ÉTAPE 3

Identifiez les liens avec vos aspirations professionnelles et personnelles

MOI ET LES THÈMES CHOISIS POUR MA SPÉCIALITÉ 1

	Moi	Le thème 1
Intérêts	....	....
Engagements	....	....
Compétences scolaires	....	....
Soft skills	....	....
Motivations	....	....
	Moi	**Le thème 2**
Intérêts	....	....
Engagements	....	....
Compétences scolaires	....	....
Soft skills	....	....
Motivations	....	....
	Moi	**Le thème 3**
Intérêts	....	....
Engagements	....	....
Compétences scolaires	....	....
Soft skills	....	....
Motivations	....	....

MOI ET LES THÈMES CHOISIS POUR MA SPÉCIALITÉ 2

	Moi	Le thème 1
Intérêts	....	....
Engagements	....	....
Compétences scolaires	....	....
Soft skills	....	....
Motivations	....	....
	Moi	**Le thème 2**
Intérêts	....	....
Engagements	....	....
Compétences scolaires	....	....
Soft skills	....	....
Motivations	....	....
	Moi	**Le thème 3**
Intérêts	....	....
Engagements	....	....
Compétences scolaires	....	....
Soft skills	....	....
Motivations	....	....

ÉTAPE 4

Restreignez votre choix

Parmi les trois thèmes choisis pour ma spécialité 1, LES DEUX LES PLUS EN LIEN avec mes centres d'intérêt et mon aspiration professionnelle sont :

1. ....

....

....

2. ....

....

....

Parmi les trois thèmes choisis pour ma spécialité 2, LES DEUX LES PLUS EN LIEN avec mes centres d'intérêt et mon aspiration professionnelle sont :

1. ....

....

....

2. ....

....

....

LE CONSEIL MALIN

À ce moment-là, vous pouvez aussi vérifier si les thèmes peuvent éventuellement être combinés en une question transversale. Il peut aussi arriver que le thème choisi soit déjà transversal.

J'envisage les questions transversales, p. 54

ET VOILÀ, VOUS AVEZ LES THÈMES SUR LESQUELS APPUYER VOS QUESTIONS !

BON À SAVOIR

Si vous n'arrivez pas à restreindre votre choix à deux thèmes, ce n'est pas grave. **Vous pourrez toujours écarter certains thèmes après avoir effectué vos premières recherches** et obtenu une idée de ce que vous pourriez faire pour votre question.

Tout au long de cette réflexion sur votre situation, remplissez la fiche synthèse.

Je fais la synthèse des objectifs 1 et 2, p. 38

OBJECTIF 3 Je fais la synthèse des objectifs 1 et 2

ACTIVITÉ 5
Je remplis la fiche de synthèse

MA SYNTHÈSE DES OBJECTIFS 1 ET 2

5 mots-clés pour me présenter (intérêts, motivation, engagements, *soft skills*, compétences, etc.)	1. .... 2. .... 3. .... 4. .... 5. ....
Ma situation d'orientation (1, 2 ou 3) → p. 23	Je suis dans la situation n° ....

☆ PAR RAPPORT À MES CHOIX DE SPÉCIALITÉS

Les liens entre mes intérêts et mes choix de spécialités	....
Les liens entre mes projets professionnels et post bac et mes enseignements de spécialités	....

☆ PAR RAPPORT À MES CHOIX DE THÈMES

Les liens entre mes intérêts et mes choix de thèmes	....
Les liens entre mes projets professionnels et post bac et mes choix de thèmes	....

☆ PAR RAPPORT AU MÉTIER OU SECTEUR PROFESSIONNEL ENVISAGÉ	
Les liens entre les intérêts, compétences, savoir-faire et *soft skills* décrits dans les fiches métiers et les miens	....
Vais-je m'épanouir dans le métier ou secteur professionnel que je vise ?	☐ Oui ☐ Non
Ce métier ou secteur professionnel répond-il à mes motivations ?	☐ Oui ☐ Non

☆ PAR RAPPORT À LA OU LES FORMATIONS POST BAC VISÉES	
Les liens entre les intérêts, compétences, savoir-faire et *soft skills* décrits dans les fiches formations / attendus / Parcoursup et les miens ?	....
Suis-je motivé·e ?	☐ Oui ☐ Non
Que va-t-on me demander ?	....
Quel autre parcours puis-je emprunter ?	....

Pour recommencer cette activité MINI-LIENS minilienrobert.com/1GC

BILAN DE L'ÉTAPE 1

AUTO-BILAN

	Fait	Besoin d'aide
☆ MA SITUATION D'ORIENTATION :		
J'ai fait un bilan personnel.		
J'ai complété le tableau « Moi et mon métier / secteur professionnel ».		
J'ai complété le tableau « Moi et mes études ».		
J'ai renseigné ma stratégie sur Parcoursup.		
J'ai exprimé ma situation d'orientation en quelques phrases.		
☆ MES CHOIX DE THÈMES :		
J'ai fait le point sur le choix de mes spécialités.		
J'ai identifié les thèmes du programme.		
J'ai sélectionné trois thèmes par spécialité.		
J'ai formulé le lien avec mes aspirations.		
J'ai sélectionné le thème le plus en lien avec mes aspirations pour chaque spécialité.		

☆ J'AI FAIT MA SYNTHÈSE

J'ai fait le point sur ma situation d'orientation et sur le choix de mes spécialités : ☐ Oui ☐ Non	Validation tuteur

ÉTAPE

2

Les ressources numériques disponibles

- **Des exemples de questions** dans chaque spécialité
- **Des documents vierges** pour recommencer certaines activités si j'en éprouve le besoin

MINI-LIENS minilienrobert.com/1GC

JE CHOISIS BIEN MES QUESTIONS

LES OBJECTIFS de cette étape

- ☐ **Objectif 4 :** Je formule mes questions
- ☐ **Objectif 5 :** Je fais le lien entre mes questions et moi
- ☐ **Objectif 6 :** J'envisage les questions transversales
- ☐ **Objectif 7 :** Je valide mes questions

LES COMPÉTENCES ET LES CRITÈRES DE NOTATION travaillés dans cette étape

- ☐ Montrer que vous savez conduire et exprimer une réflexion personnelle qui témoigne d'une curiosité intellectuelle
- ☐ Exprimer vos motivations
- ☐ Montrer la solidité de vos connaissances
- ☐ Travailler la qualité et la construction de l'argumentation

OBJECTIF 4 Je formule mes questions

ACTIVITÉ 6
Je transforme mes thèmes de prédilection en questions

POUR MA SPÉCIALITÉ N°1 ______

MÉMO
Les thèmes qui m'intéressent pour ma spécialité n°1

1. ....
....
2. ....
....

ÉTAPE 1

Identifiez les mots-clés du thème 1 et définissez-les

LES MOTS-CLÉS DU THÈME 1

Mot-clé 1 ....

→ Définition : ....
....
....
....
....
....
....

Mot-clé 2 ....

→ Définition : ....
....
....
....
....
....
....

LES MOTS-CLÉS DU THÈME 2

Mot-clé 1 ....

→ Définition : ....
....
....
....
....
....
....

Mot-clé 2 ....

→ Définition : ....
....
....
....
....
....
....

ÉTAPE 2

Confrontez les mots-clés du thème

Qu'est-ce qui LIE les mots-clés de mon thème 1 ? Ceux de mon thème 2 ?

Thème 1: ....

....

....

....

....

....

....

Thème 2: ....

....

....

....

....

....

....

Qu'est-ce qui OPPOSE les mots-clés de mon thème 1 ? Ceux de mon thème 2 ?

Thème 1: ....

....

....

....

....

....

....

Thème 2: ....

....

....

....

....

....

....

ÉTAPE 3

Composez votre question

LE CONSEIL MALIN
Les mots-clés doivent créer du sens et vous laisser entrevoir une argumentation possible. Si besoin, poussez-les un peu plus loin, par exemple en faisant le lien avec l'actualité. Cela peut vous permettre de déboucher sur une question avec laquelle vous vous sentez à l'aise.

QUELQUES QUESTIONS POSSIBLES

1. ....

....

2. ....

....

....

3. ....

....

Pour vous inspirer et avoir une idée du type de questions attendues au Grand oral, vous trouverez des exemples dans les différentes spécialités, p. 48-49

POUR MA SPÉCIALITÉ N° 2

MÉMO
Les thèmes qui m'intéressent pour ma spécialité n°2

1. ....

....

....

2. ....

....

....

ÉTAPE 1

Identifiez les mots-clés du thème 1 et définissez-les

LES MOTS-CLÉS DU THÈME 1

Mot-clé 1 ....

→ Définition: ....

Mot-clé 2 ....

→ Définition: ....

LES MOTS-CLÉS DU THÈME 2

Mot-clé 1 ....

→ Définition: ....

Mot-clé 2 ....

→ Définition: ....

ÉTAPE 2

Confrontez les mots-clés du thème

Qu'est-ce qui LIE les mots-clés de mon thème 1 ? Ceux de mon thème 2 ?

Thème 1: ....

....

....

....

....

....

....

Thème 2: ....

....

....

....

....

....

....

Qu'est-ce qui OPPOSE les mots-clés de mon thème 1 ? Ceux de mon thème 2 ?

Thème 1: ....

....

....

....

....

....

....

Thème 2: ....

....

....

....

....

....

....

ÉTAPE 3

Composez votre question

LE CONSEIL MALIN
Les mots-clés doivent créer du sens et vous laisser entrevoir une argumentation possible. Si besoin, poussez-les un peu plus loin, par exemple en faisant le lien avec l'actualité. Cela peut vous permettre de déboucher sur une question avec laquelle vous vous sentez à l'aise.

QUELQUES QUESTIONS POSSIBLES

1. ....

....

2. ....

....

3. ....

....

Pour vous inspirer et avoir une idée du type de questions attendues au Grand oral, vous trouverez des exemples dans les différentes spécialités, p. 48-49

Pour recommencer cette activité
MINI-LIENS minilienrobert.com/1GC

Des exemples de questions pour les différentes spécialités

ARTS

- Qu'est-ce qui fixe la valeur d'une œuvre d'art ?
- Danser, est-ce plus que s'exprimer avec son corps ?

BIOLOGIE-ÉCOLOGIE

- Que peut-on contre le réchauffement climatique ?
- Est-il vraiment facile de bien manger ?

HGGSP

- La télévision est-elle un média voué à disparaître ?
- Le changement climatique peut-il remettre en cause la paix dans le monde ?

HLP

- L'homme est-il un animal comme un autre ?
- Peut-il y avoir des révolutions sans violence ?

LANGUES ET CULTURES DE L'ANTIQUITÉ

- Les femmes sont-elles toujours malheureuses en amour dans l'art et la littérature des Anciens ?
- La Méditerranée est-elle le berceau de notre civilisation occidentale ?

LLCER ANGLAIS

- Un groupe se construit-il sur l'exclusion ?
- Les histoires d'amour finissent-elles toujours mal ?

LLCER ESPAGNOL

- Est-ce que partir, c'est mourir un peu ?
- Comment se sont mélangées cultures amérindiennes et culture espagnole au fil de l'Histoire ?

MATHÉMATIQUES

- Les logiciels peuvent-ils remplacer l'humain pour les mathématiques ?
- Le monde est-il écrit en langage mathématique ?

NSI

- Le numérique : une prison dorée ?
- Un problème peut-il être résolu avec un algorithme ?

PHYSIQUE-CHIMIE

- Comment un savon lave-t-il ?
- Pourquoi l'image de la Lune est-elle renversée dans une lunette ?

SCIENCES DE L'INGÉNIEUR

- L'autonomie des voitures déresponsabilise-t-elle le conducteur ?
- L'automatisation des systèmes menace-t-elle les emplois ?

SES

- Les médias numériques renforcent-ils la solitude ?
- Faut-il augmenter le SMIC pour réduire le chômage ?

SVT

- Qu'y-a-t-il au centre de la Terre ?
- Comment les grandes pandémies passées ont-elles été éradiquées ?

STHR

- En quoi la restriction du service de restauration aux plats à emporter modifie-t-elle les cartes des restaurants et redéfinit-elle le métier de restaurateur ?
- Tik Tok est-il l'avenir de la communication des hôtels-restaurants ?

STI2D

- Quel avenir pour les maisons en bois ?
- Les panneaux solaires peuvent-ils assurer l'autonomie énergétique d'un foyer ?

STL

- Pourquoi les tests antigéniques donnent-ils des résultats plus rapides que les tests PCR ?
- Les tests ADN vendus sur internet sont-ils fiables ?

STMG

- Communiquer, est-ce mentir ?
- Tout est-il prévisible dans une étude de marché ?

ST2A

- Quels supports militants pour faire valoir les droits des citoyens ?
- Comment valoriser une exposition virtuelle d'objets d'art ou de design à partir du numérique ?

ST2S

- Travail à la maison : amélioration ou dégradation de la qualité de vie ?
- Quelles sont les conséquences sur la santé de la vaccination des enfants ?

Pour plus d'exemples dans chaque spécialité MINI-LIENS minilienrobert.com/1GC

OBJECTIF 5 Je fais le lien entre mes questions et moi

ACTIVITÉ 7
Je prépare mon discours à partir de mots-clés

POUR MA SPÉCIALITÉ N° 1

ÉTAPE 1

Identifiez les mots-clés de vos questions

Soulignez les mots-clés de vos questions.

Pour ma question possible 1 ....

Pour ma question possible 2 ....

Pour ma question possible 3 ....

#

ÉTAPE 2

Approfondissez ces mots-clés et reliez-les à vous

Sur une feuille à part, associez chaque mot-clé à des idées ou mots sous forme de cartes mentales. Entourez ensuite les idées ou les mots qui sont en lien avec vos qualités, vos centres d'intérêt, votre projet d'orientation.

Pour ma question possible 1

1er mot ou idée retenus : ....

2e mot ou idée retenus : ....

Pour ma question possible 2

1er mot ou idée retenus : ....

2e mot ou idée retenus : ....

Pour ma question possible 3

1er mot ou idée retenus : ....

2e mot ou idée retenus : ....

LE CONSEIL MALIN

La carte mentale, ou carte heuristique, permet de visualiser les informations principales d'un discours pour mieux les mémoriser. Ces « temps forts » sont alors organisés sous forme d'image : accrochez ces cartes au-dessus de votre bureau pour les avoir toujours sous les yeux en travaillant et pour les retenir presque malgré vous !

ÉTAPE 3

Préparez votre discours

Reprenez les mots que vous avez entourés et faites une phrase pour expliquer le lien que vous avez avec eux.

Pour ma question possible 1

....

....

Pour ma question possible 2

....

....

Pour ma question possible 3

....

....

POUR MA SPÉCIALITÉ N° 2

ÉTAPE 1

Identifiez les mots-clés de vos questions

Soulignez les mots-clés de vos questions.

Pour ma question possible 1 ....

Pour ma question possible 2 ....

Pour ma question possible 3 ....

ÉTAPE 2

Approfondissez ces mots-clés et reliez-les à vous

Sur une feuille à part, associez chaque mot-clé à des idées ou mots sous forme de cartes mentales. Entourez ensuite les idées ou les mots qui sont en lien avec vos qualités, vos centres d'intérêt, votre projet d'orientation.

Pour ma question possible 1

1er mot ou idée retenus : ....

2e mot ou idée retenus : ....

Pour ma question possible 2

1er mot ou idée retenus : ....

2e mot ou idée retenus : ....

Pour ma question possible 3

1er mot ou idée retenus : ....

2e mot ou idée retenus : ....

ÉTAPE 3

Préparez votre discours

Reprenez les mots que vous avez entourés et faites une phrase pour expliquer le lien que vous avez avec eux.

Pour ma question possible 1

....

....

Pour ma question possible 2

....

....

Pour ma question possible 3

....

....

Pour recommencer cette activité MINI-LIENS minilienrobert.com/1GC

OBJECTIF 6 J'envisage les questions transversales

ACTIVITÉ 8
J'opère des croisements entre mes spécialités

ÉTAPE 1

Construisez des liens thématiques entre vos spécialités

Relevez des thèmes traités dans vos deux spécialités et qui sont les mêmes, s'opposent ou se complètent. Expliquez pourquoi en une phrase.

Thème 1

....

Pourquoi ? ....

....

....

....

Thème 2

....

Pourquoi ? ....

....

....

....

Thème 3

....

Pourquoi ? ....

....

....

....

BON À SAVOIR

Quand vous choisissez une **question transversale**, vous pouvez **proposer les réponses que donnent l'une puis l'autre de vos spécialités**. Les méthodologies adoptées sont alors différentes : vous recueillerez des données chiffrées pour les matières scientifiques et des citations d'ouvrages en lettres et en langues, par exemple.

ÉTAPE 2

Construisez des croisements méthodologiques entre les spécialités

Relevez des thèmes sur lesquels vos deux spécialités apportent des réponses différentes. Expliquez quelles sont ces méthodologies en une phrase.

Thème 1 ....

....

....

....

Thème 2 ....

....

....

....

Thème 3 ....

....

....

....

ÉTAPE 3

Préparez des questions

Parmi les thèmes et les croisements envisagés, sélectionnez deux pistes et formulez deux questions à partir d'elles.

Première question transversale possible

....

....

....

Seconde question transversale possible

....

....

....

OBJECTIF 7 Je valide mes questions

ACTIVITÉ 9
Je fais le bilan des questions envisagées

MES QUESTIONS ENVISAGÉES POUR MA SPÉCIALITÉ 1

1. ....

2. ....

3. ....

MES QUESTIONS ENVISAGÉES POUR MA SPÉCIALITÉ 2

1. ....

2. ....

3. ....

MES QUESTIONS TRANSVERSALES ENVISAGÉES

1. ....

2. ....

3. ....

LES QUESTIONS QUE JE SOUHAITE CONSERVER ET PRÉSENTER AU GRAND ORAL

Question 1 : ....

....

....

....

....

Question 2 : ....

....

....

....

....

MES DEUX AUTRES QUESTIONS PRÉFÉRÉES SI JE CHANGE D'AVIS

Question 1 : ....

....

....

....

....

Question 2 : ....

....

....

....

....

LE CONSEIL MALIN

Plus vous avez d'idées de question, mieux c'est ! Le jour J, vous pouvez présenter une question pour chaque spécialité, deux questions transversales ou une question transversale et une question pour une spécialité.

ACTIVITÉ 10
Je consulte les chapitres et les éléments de cours concernés par mes questions

QUELS SONT LES CHAPITRES ET LES ÉLÉMENTS DE COURS CONCERNÉS PAR MA QUESTION 1 ?

....

....

....

....

....

....

....

....

....

....

....

....

....

....

....

....

....

....

....

....

....

BON À SAVOIR

Vous hésitez encore ? Vous n'êtes pas sûr·e de votre question ? **Essayez de voir si c'est une question pour laquelle vous aurez de la matière,** si elle suscite l'intérêt. Les cours vont vous permettre de balayer les connaissances attendues autour de votre question et d'identifier quels peuvent être les notions-clés, les interrogations associées et les thèmes liés auxquels vous n'auriez pas forcément pensé.

LE CONSEIL MALIN
Vérifiez avec vos professeurs·es si votre question concerne d'autres thèmes du programme auxquels vous n'auriez pas pensé spontanément, ainsi que les liens avec les programmes de première. Si vous avez choisi une question transversale, assurez-vous de consulter les cours concernés dans les deux spécialités.

QUELS SONT LES CHAPITRES ET LES ÉLÉMENTS DE COURS CONCERNÉS PAR MA QUESTION 2 ?

....

....

....

....

....

....

....

....

....

....

....

....

....

....

....

....

....

....

....

....

....

ACTIVITÉ 11
J'échange avec mes proches, mes camarades et mes professeurs·es

LE CONSEIL MALIN
Parler de votre question avec votre entourage et savoir recevoir leurs critiques est un entraînement du quotidien très précieux. Au fur et à mesure, à force de l'expliquer, qui plus est à des publics différents, vous allez en mesurer toutes les dimensions. Et vous allez gagner en assurance. Cette question va devenir VOTRE question. Ne paniquez pas si votre question n'évoque rien chez vos proches. Cela peut arriver car votre entourage n'a pas forcément, comme vous, la tête dans les manuels scolaires en vue du baccalauréat. Dans ce cas, privilégiez les retours de vos camarades de classe et de vos professeurs·es.

À L'ACTION — LE HACKATON DES QUESTIONS

COMPÉTENCES TRAVAILLÉES
l'introspection ; la structuration de votre propos

OBJECTIF
évaluer la pertinence de la question que vous présenterez au Grand oral

DURÉE TOTALE
10 minutes par personne

ÉTAPE 1 · LANCEZ-VOUS · 2 minutes maximum
Devant un public, énoncez votre question, les trois grandes idées de votre présentation (si vous les avez déjà) et surtout les motivations personnelles ou professionnelles qui vous ont poussé·e à choisir cette question. Votre prestation doit durer entre 1 et 2 minutes.

ÉTAPE 2 · LA TEMPÊTE DE QUESTIONS · 5 minutes
Quand les deux minutes sont écoulées, votre public vous pose des questions sur le sujet abordé, la formulation de la question, les motivations personnelles, le rapport entre cette question et votre orientation professionnelle, sur les idées qui vont articuler votre discours. Le public est ensuite invité à vous donner son sentiment sur vos réponses.

VARIANTE : LA TEMPÊTE DES IDÉES
Quand les deux minutes sont écoulées, invitez le public à donner son sentiment sur les idées présentées et également à suggérer des idées, des pistes de réflexions à approfondir, des parties du programme scolaire qui pourraient être utiles ; des sources à explorer (livre, film, article, blog, etc.).

Ensuite, vous pouvez échanger les rôles.

BON À SAVOIR

Si elles sont **formulées de manière positive, les critiques sont toujours intéressantes :**

- Elles sont l'occasion de **découvrir d'autres façons d'aborder le sujet.** Votre interlocuteur ou interlocutrice a son histoire, son point de vue, ses centres d'intérêt, ses propres connaissances. Ses retours peuvent vous amener à préciser vos réflexions.
- Les critiques peuvent aussi vous permettre de **voir les limites de votre question** : tient-elle la route pour un exposé de 5 minutes ? Si oui, quels sont les points qui semblent faire débat spontanément ?

LES RETOURS SUR MA QUESTION 1

....

....

....

....

....

....

....

....

....

....

....

....

....

....

....

....

....

....

....

....

LES RETOURS SUR MA QUESTION 2

....

....

....

....

....

....

....

....

....

....

....

....

....

....

....

....

....

....

....

....

....

BILAN DE L'ÉTAPE 2

MA QUESTION 1

Ma question 1 formulée : ....

....

....

....

....

Le lien avec mon projet professionnel : ....

....

....

....

....

Ma question dans les programmes : ....

....

....

....

....

....

Ma question est transversale ? ☐ Oui ☐ Non

Si oui, quels liens fait-elle entre mes deux spécialités ? ....

....

....

....

....

....

J'ai fait valider ma question 1 ?	Validation tuteur
☐ Oui ☐ Non	

MA QUESTION 2

Ma question 2 formulée : ....

....

....

....

....

Le lien avec mon projet professionnel : ....

....

....

....

....

Ma question dans les programmes : ....

....

....

....

....

....

Ma question est transversale ? ☐ Oui ☐ Non

Si oui, quels liens fait-elle entre mes deux spécialités ? ....

....

....

....

....

....

J'ai fait valider ma question 2 ?	Validation tuteur
☐ Oui ☐ Non	

ÉTAPE

3

Les ressources numériques disponibles

- **Des documents vierges** pour recommencer certaines activités si j'en éprouve le besoin
- **Des activités approfondies** pour organiser mes idées et travailler mes questions

MINI-LIENS minilienrobert.com/1GC

JE PRÉPARE MES PRÉSENTATIONS TOUT AU LONG DE L'ANNÉE

LES OBJECTIFS de cette étape

- ☐ **Objectif 8 :** Je prépare le 1er temps – Je fais des recherches
- ☐ **Objectif 9 :** Je prépare le 1er temps – Je construis et j'écris mon discours
- ☐ **Objectif 10 :** Je prépare le 1er temps – Je conçois mon support écrit
- ☐ **Objectif 11 :** Je prépare le 2e temps – Les interrogations sur le cours, sur ma présentation
- ☐ **Objectif 12 :** Je prépare le 3e temps – Je présente mon projet professionnel et mes expériences

LES COMPÉTENCES ET LES CRITÈRES DE NOTATION travaillés dans cette étape

- ☐ Montrer que vous savez conduire et exprimer une réflexion personnelle qui témoigne d'une curiosité intellectuelle
- ☐ Exprimer vos motivations
- ☐ Montrer la solidité de vos connaissances
- ☐ Travailler la qualité et la construction de l'argumentation
- ☐ Travailler la qualité orale de l'épreuve

OBJECTIF 8 Je prépare le premier temps - Je fais des recherches

ACTIVITÉ 12
Je fais une revue de presse

BON À SAVOIR
Une **revue de presse** est une **synthèse des informations relevées dans les grands journaux** ou magazines généralistes ou spécialisés.
De nombreux médias proposent aujourd'hui des revues de presse :
- **France Info, France Inter, France Culture ou encore RTL** : ces radios proposent une revue de presse matinale quotidienne à écouter en direct ou en en podcast.
- **France 24** : cette chaîne de télévision passe en revue chaque matin les unes de la presse française et étrangère.
- **Le journal *Courrier international*** propose en ligne des revues de presse portant sur l'actualité internationale.

ÉTAPE 1

Déterminez sur quoi va porter votre revue de presse

MA REVUE DE PRESSE POUR MA QUESTION 1 PORTE SUR :

....
....
....
....
....
....
....

MA REVUE DE PRESSE POUR MA QUESTION 2 PORTE SUR :

....
....
....
....
....
....
....

BON À SAVOIR
Votre revue de presse peut **porter sur l'ensemble de votre sujet**, sur **un thème** de votre spécialité, particulièrement lié à l'actualité par exemple.

ÉTAPE 2

Déterminez quels journaux et périodiques suivre

Les grands journaux et périodiques de la presse nationale, internationale et spécialisée que je souhaite inclure dans ma revue de presse

Pour ma question 1 :	Pour ma question 2 :
....	....
....	....
....	....
....	....
....	....
....	....
....	....
....	....

LE CONSEIL MALIN
N'oubliez pas de vérifier la fiabilité des journaux et périodiques choisis.

Je teste la fiabilité des sources, p. 78

ÉTAPE 3

Déterminez la fréquence de votre revue de presse

BON À SAVOIR
Dans le cadre de la préparation au Grand oral, plusieurs fréquences sont possibles pour élaborer la revue de presse. Vous pouvez la constituer :

- **Au début de votre préparation**
  → Elle constituera ainsi une source précieuse d'informations initiales.
- **Régulièrement** (toutes les semaines, tous les quinze jours, une fois par mois)
  → Elle vous permettra de suivre l'évolution des publications liées à vos questions tout au long de votre préparation.
- **Quelques semaines avant l'épreuve**
  → Elle vous permettra ainsi d'avoir une vision globale des sujets d'actualité récents en lien avec les questions présentées.

Pour ma question 1, ma revue de presse sera ....

Pour ma question 2, ma revue de presse sera ....

ÉTAPE 4

À partir de trois documents que vous aurez choisis dans le cadre de l'une de vos deux questions, sélectionnez et organisez les informations

LES TROIS DOCUMENTS CHOISIS

Document 1 : ....

....

Document 2 : ....

....

Document 3 : ....

....

CITATIONS

....

DONNÉES RÉCENTES

....

TÉMOIGNAGES

SONDAGES

ÉTAPE 5

Identifiez comment y est traitée l'information

LE CONSEIL MALIN
Confrontez les informations en portant particulièrement attention aux différentes manières dont l'information est traitée. Cherchez et relevez dans plusieurs médias les points communs et les différences de traitement. Vérifiez l'orientation politique du journal, ou son impartialité (en sciences), ou encore le point de vue de l'auteur ou autrice de l'article.

TRAITEMENT DE L'INFORMATION DANS LE DOCUMENT 1

....

....

....

TRAITEMENT DE L'INFORMATION DANS LE DOCUMENT 2

....

....

....

TRAITEMENT DE L'INFORMATION DANS LE DOCUMENT 3

POINTS COMMUNS

DIFFÉRENCES

ÉTAPE 6

Synthétisez les informations de vos trois documents

TABLEAU REVUE DE PRESSE

Thème		
Référence de la source (titre de l'article, nom du journal, auteur ou autrice, date, numéro de publication et de page)	Les idées développées	Mes commentaires

LE CONSEIL MALIN

Chaque semaine, ou en fonction de la fréquence que vous avez choisie, inscrivez les informations recueillies sous forme de notes, par exemple dans un tableau. Pour une même information, vous veillerez à bien croiser les différents regards portés en fonction du point de vue de la source. Comparez ainsi la façon dont est rapportée une même information dans deux journaux différents : quelles sont les différences sur la forme (titre, image, etc.) ? Sur le fond (commentaires, prises de position) ? Qu'apporte ce croisement des points de vue pour votre argumentation ?

Pour recommencer MINI-LIENS minilienrobert.com/1GC

BON À SAVOIR

Vous pouvez ensuite, sur le même modèle, **organiser les informations par sous-thèmes, par points de vue** (pour cerner les sujets qui font débat), **ou encore de manière chronologique** (pour vérifier si le regard porté sur le sujet évolue sur un temps long). Vous pourrez alors **rédiger la synthèse** de ces informations en adoptant cette organisation. Présentée ainsi, votre revue de presse sera plus facile à partager avec votre professeur·e ou vos camarades, si vous le souhaitez. Entraînez-vous à présenter régulièrement votre revue de presse à l'oral à vos camarades.

ACTIVITÉ 13
Je fais des entretiens

ÉTAPE 1

Avant l'entretien

LE CONSEIL MALIN
Si vous ne trouvez pas vos réponses dans la documentation qui existe, créez-la. Allez interroger directement les spécialistes. Ce ne sont pas forcément des personnes hors d'atteinte : en fonction de votre question, ce peut être un·e ami·e de vos parents qui travaille dans la sécurité informatique, votre médecin de famille, un·e commerçant·e autour de chez vous, la sœur ou le frère de votre meilleur·e ami·e, etc.

QUI EST LA PERSONNE QUE JE VAIS RENCONTRER ?

....

....

....

....

....

....

....

....

....

....

....

....

....

....

....

QUELLES QUESTIONS VAIS-JE LUI POSER ?

....

....

....

....

....

....

....

....

....

....

....

....

....

....

....

....

....

....

....

QUELLES INFORMATIONS J'ESPÈRE OBTENIR ?

DOIS-JE ME RENSEIGNER SUR DES POINTS PRÉCIS AVANT D'ÉCHANGER AVEC ELLE ? LESQUELS ?

ÉTAPE 2

Le jour de l'entretien

LE MATÉRIEL QUE JE DOIS AVOIR AVEC MOI POUR L'ENTRETIEN

- ☐ Mes questions
- ☐ De quoi noter
- ☐ De quoi enregistrer
- ☐ Des documents précis sur lesquels je souhaite lui poser des questions (si c'est le cas)

LE CONSEIL MALIN
Demandez toujours aux personnes que vous rencontrez si elles sont d'accord pour être enregistrées. En les enregistrant, vous serez pleinement concentré·e au moment de l'interview. Vous n'aurez pas à vous préoccuper de votre prise de notes. Vous pourrez ainsi rebondir sur leurs réponses et remarques et vous pourrez réécouter l'enregistrement à tête reposée afin d'en extraire des citations pour votre sujet. Si vous leur parlez au téléphone, privilégiez le téléphone fixe de la maison. Mettez le haut-parleur et enregistrez la conversation sur votre téléphone ou ordinateur, toujours en leur demandant leur accord.

ÉTAPE 3

Après l'entretien

MON RESSENTI SUR L'ENTRETIEN

Ai-je pu poser toutes mes questions ? ....

....

Ai-je réussi à rebondir sur les réponses de la personne interrogée ? ....

....

Que puis-je améliorer pour mes futurs entretiens ? ....

....

QUELLES SONT LES TROIS PRINCIPALES IDÉES que je retiens de cet entretien ?

1. ....

2. ....

3. ....

QUELS SONT LES TROIS MOTS-CLÉS que je retiens de cet entretien ?

1. ....
2. ....
3. ....

ACTIVITÉ 14
Je teste la fiabilité des sources

ÉTAPE 1

Choisissez un document dans le cadre de l'une de vos questions et remplissez le tableau en répondant aux questions

BON À SAVOIR
Quelle que soit la source, vous devez **vérifier la fiabilité de l'information**. Pour cela, vous devez confirmer l'information recueillie grâce à un test de fiabilité des sources.

	Nom de la source :	Oui	Non
Autrice ou auteur	L'autrice ou l'auteur est clairement identifié·e.		
	L'autrice ou l'auteur est reconnu·e par ses pairs comme étant compétent·e.		
	Si elle ou il n'est pas expert·e, elle ou il fait appel à des tiers qualifiés.		
	Il s'agit d'une organisation (institutions, médias, etc.) plutôt que d'une page personnelle (blogs, réseaux sociaux, etc.).		
	L'autrice ou l'auteur (ou l'organisation) fournit un contact ou des informations vous permettant de vérifier la nature de ses activités, son expertise, ses compétences, etc.		
	Vous n'avez pas de raison de penser que l'autrice ou l'auteur (ou l'organisation) ait un intérêt personnel par rapport aux informations fournies, ou de mauvaises intentions non exprimées.		
Mise en forme	Si le sujet est en lien avec l'actualité, la page est encore actuelle, à jour.		
Sources	La source d'information est primaire (elle ne rapporte pas des faits d'une autre source) ou cite précisément ses sources.		
	Vous pouvez vérifier l'information ailleurs : plusieurs autres sources (notamment des sources que vous avez déjà identifiées comme étant des sources de confiance) rapportent le même fait.		

ÉTAPE 2

Analysez vos résultats

LE CONSEIL MALIN
Il n'existe pas de règle unique pour trancher sur la fiabilité d'une source. N'hésitez donc pas à adapter votre curseur. Plus l'information est importante, plus elle a d'enjeux, plus elle vous surprend… plus vous devez être exigeant·e : il faut avoir beaucoup de « oui » pour faire confiance à la source.

JE FAIS LE POINT

J'ai obtenu une majorité de : ☐ Oui ☐ Non

Quel critère doit particulièrement retenir mon attention pour déterminer la fiabilité de cette source ? ……………………………………

……………………………………

……………………………………

Pourquoi ? ……………………………………

……………………………………

……………………………………

……………………………………

Puis-je faire confiance à cette source ? ☐ OUI ☐ NON

Pourquoi ? ……………………………………

……………………………………

……………………………………

……………………………………

Mes commentaires supplémentaires sur cette source : ……………………………………

……………………………………

……………………………………

……………………………………

BON À SAVOIR

- De nombreux journaux ont développé **des outils pour identifier les sources dont il faut se méfier**. Vous pouvez les consulter en ligne : « Décodex » (lemonde.fr), « Vrai ou Fake » (francetvinfo.fr), « Checknews » (liberation.fr), ou « Hoaxbuster » (hoaxbuster.com).
- **Sur Wikipédia, les autrices ou auteurs ne sont pas toujours clairement identifié·es**. N'hésitez pas à regarder l'onglet « Voir l'historique » pour prendre connaissance des modifications faites sur la page. Aussi, la plateforme indique les articles de qualité par un bandeau en haut de la page.
- Pour **savoir si une source est encore à jour**, vous pouvez essayer d'identifier la date de parution, une indication de mise à jour de la page Internet ou d'identifier si l'article fait référence à des éléments d'actualité. Si vous constatez que la source n'est pas à jour, demandez-vous si les informations qu'elle porte sont encore valides ou si elles ont été réfutées. Dans ce dernier cas, considérez la source comme obsolète.

Pour recommencer MINI-LIENS minilienrobert.com/1GC

ACTIVITÉ 15

Je me constitue une pochette de documentation : je fais des fiches de lecture

MA FICHE DE LECTURE

Titre de la source	....
Titre de l'article	....
Auteur ou autrice	....
Date de parution	....
Type de source	....
Mots-clés	....
Résumé de la source	....
Informations retenues dans le cadre de mes questions	....
Un extrait à conserver ?	....

Pour recommencer MINI-LIENS minilienrobert.com/1GC

BON À SAVOIR

La fiche « de lecture » n'est **pas réservée uniquement aux sources qui « se lisent »**. Vous pouvez l'utiliser pour tout type de documents (entretiens radiophoniques ou télévisés, films documentaires, entretiens que vous avez enregistrés vous-même, etc.).

LE CONSEIL MALIN
Conservez des extraits de vos sources !

- **Pour les reproductions d'œuvres d'art :** vous pouvez soit les imprimer, soit vous constituer un dossier sur ordinateur. Vous indiquerez bien les références de l'œuvre et le lieu de conservation actuel.
- **Pour les livres :** recopiez les passages qui vous intéressent en notant bien les références.
- **Pour les articles de journaux imprimés:** découpez et conservez les articles en indiquant leur origine et leur date.
- **Pour les articles disponibles en ligne :** conservez le document au format PDF (imprimez-le si vous le souhaitez) et surlignez (sur ordinateur ou papier) les idées développées ainsi que les exemples intéressants que vous pourrez en tirer.
- **Pour les sources audiovisuelles :** pour les podcasts ou entretiens que vous auriez pu enregistrer vous-même, faites-en la retranscription (complète ou seulement des passages qui vous intéressent). Vous pouvez aussi, et il en va de même pour une vidéo, noter le minutage des passages qui vous intéressent, en précisant à côté les éléments que vous souhaitez retenir.

DANS MA POCHETTE DE DOCUMENTATION

J'ai .... livres.

J'ai .... articles disponibles en ligne.

J'ai .... articles de journaux imprimés.

J'ai .... sources audiovisuelles.

J'ai .... œuvres d'art.

J'ai .... autres types de sources.

ACTIVITÉ 16
Je confronte mes questions aux résultats trouvés

ÉTAPE 1

Après avoir collecté et analysé plusieurs sources, faites le point sur les idées qui en ressortent

LES GRANDES IDÉES QUI RESSORTENT DE MES RECHERCHES POUR MA QUESTION 1

....

....

....

....

....

....

....

....

....

LES GRANDES IDÉES QUI RESSORTENT DE MES RECHERCHES POUR MA QUESTION 2

....

....

....

....

....

....

....

....

....

ÉTAPE 2

Essayez de restreindre vos grandes idées à trois par question

LE CONSEIL MALIN
N'oubliez pas que le temps de présentation est court (5 minutes). Un des dangers est de vouloir trop en dire, et de survoler des thèmes sans vraiment les aborder. Vous devez donc réussir à choisir deux ou trois grandes idées que vous allez défendre et surtout développer. Ces idées vous viendront progressivement, à mesure que vous ferez vos recherches.

LES GRANDES IDÉES QUE JE VEUX DÉVELOPPER POUR MA QUESTION 1

1. ....

2. ....

3. ....

LES GRANDES IDÉES QUE JE VEUX DÉVELOPPER POUR MA QUESTION 2

1. ....

2. ....

3. ....

OBJECTIF 9 Je prépare le premier temps - Je construis et j'écris mon discours

ACTIVITÉ 17
J'organise mes idées

POUR MA SPÉCIALITÉ N° 1

ÉTAPE 1 **Sélectionnez le plan qui vous semble le plus pertinent pour organiser vos grandes idées**

LE PLAN QUI ME SEMBLE LE PLUS PERTINENT

Je choisis un plan: ....

J'organise mes grandes idées selon ce plan:

I. ....

II. ....

III. ....

LE CONSEIL MALIN
Il existe beaucoup de types de plan différents : le plan analytique, le plan constat-besoin-solution, le plan dialectique...Lorsqu'on commence à travailler un sujet, on suit de grandes idées, celles qui semblent les plus importantes. C'est ce qui constitue votre premier plan, qui est un plan provisoire !

MINI-LIENS Pour aller plus loin **minilienrobert.com/1GC**

ÉTAPE 2 **Faites le bilan de vos recherches et élaborez le plan détaillé des réponses à vos questions**

Précisez les arguments utiles pour démontrer vos grandes idées pour la question.

Le plan détaillé

I. ....

a. ....

b. ....

c. ....

II. ....

a. ....

b. ....

c. ....

III. ....

a. ....

b. ....

c. ....

POUR MA SPÉCIALITÉ N° 2

BON À SAVOIR

Le plan en 3 parties, 3 paragraphes n'est pas une obligation!
Vous pouvez vous en tenir à 2 parties, 2 paragraphes ou à 3 parties, 2 paragraphes. Tout dépend de ce que nécessite votre question.

ÉTAPE 1 Sélectionnez le plan qui vous semble le plus pertinent pour organiser vos grandes idées

LE PLAN QUI ME SEMBLE LE PLUS PERTINENT

Je choisis un plan: ....

....

J'organise mes grandes idées selon ce plan:

I. ....

II. ....

III. ....

ÉTAPE 2 Faites le bilan de vos recherches et élaborez le plan détaillé des réponses à vos questions

Précisez les arguments utiles pour démontrer vos grandes idées pour la question.

Le plan détaillé

I. ....

a. ....

b. ....

c. ....

II. ....

a. ....

b. ....

c. ....

III. ....

a. ....

b. ....

c. ....

ACTIVITÉ 18
Je fais une bonne introduction et une bonne conclusion

POUR MA QUESTION 1

LE CONSEIL MALIN
Mieux vaut bien commencer et bien finir ! Pour donner une impression de maîtrise de son discours (et pour contrôler son stress !), rien de tel que d'apprendre par cœur sa première phrase d'introduction et sa dernière phrase de conclusion.

J'ÉLABORE MON INTRODUCTION POUR LA QUESTION 1

Je prévois une phrase d'accroche (1 phrase) : ....

....

....

....

J'explique pourquoi la question que j'ai choisie se pose (2-3 phrases) : ....

....

....

....

....

....

....

Je formule ma question (1 phrase) : ....

....

....

....

J'annonce mon plan (1 phrase) : ....

....

....

....

JE PRÉVOIS MA CONCLUSION POUR LA QUESTION 1

Je rappelle quelle était ma question (1 phrase) : ....

....

....

....

....

Je rappelle quelles sont les solutions que j'ai envisagées et quelle est celle que je retiens (2 phrases) : ....

....

....

....

....

....

....

....

Je rédige ma phrase d'ouverture en toutes lettres (1 phrase) : ....

....

....

....

....

POUR MA QUESTION 2

J'ÉLABORE MON INTRODUCTION POUR LA QUESTION 2

Je prévois une phrase d'accroche (1 phrase) : ....

....

....

....

....

J'explique pourquoi la question que j'ai choisie se pose (2-3 phrases) : ....

....

....

....

....

....

....

....

Je formule ma question (1 phrase) : ....

....

....

....

....

J'annonce mon plan (1 phrase) : ....

....

....

....

....

JE PRÉVOIS MA CONCLUSION POUR LA QUESTION 2

Je rappelle quelle était ma question (1 phrase) : ....

....

....

....

....

Je rappelle quelles sont les solutions que j'ai envisagées et quelle est celle que je retiens (2 phrases) : ....

....

....

....

....

....

....

....

....

Je rédige ma phrase d'ouverture en toutes lettres (1 phrase) : ....

....

....

....

....

BON À SAVOIR

Dans le premier temps de votre oral, utiliser le « nous » vous permet d'adopter une posture neutre. Vous vous exprimez de manière générale, en tant que personne observatrice d'une situation, et non de manière personnelle. Cela montre que vous n'êtes pas là pour donner votre propre opinion, mais bien pour **traiter objectivement la question choisie.** En utilisant le «nous», vous englobez aussi le jury, qui se sentira d'autant plus concerné par la question que vous abordez. **Vous aurez recours au «je» dans le troisième temps,** puisque dans cette partie, vous allez parler de votre parcours et de votre projet professionnel.

OBJECTIF 10 Je prépare le premier temps - Je conçois mon support écrit

ACTIVITÉ 19
Je me décide à l'avance : vais-je présenter un support ?

ÉTAPE 1

En suivant le modèle ci-dessous, réfléchissez aux différentes fonctions du support écrit

Coloriez les bulles qui sont pertinentes pour vous comme pour le jury et dites en quoi elles s'appliquent à vos questions.

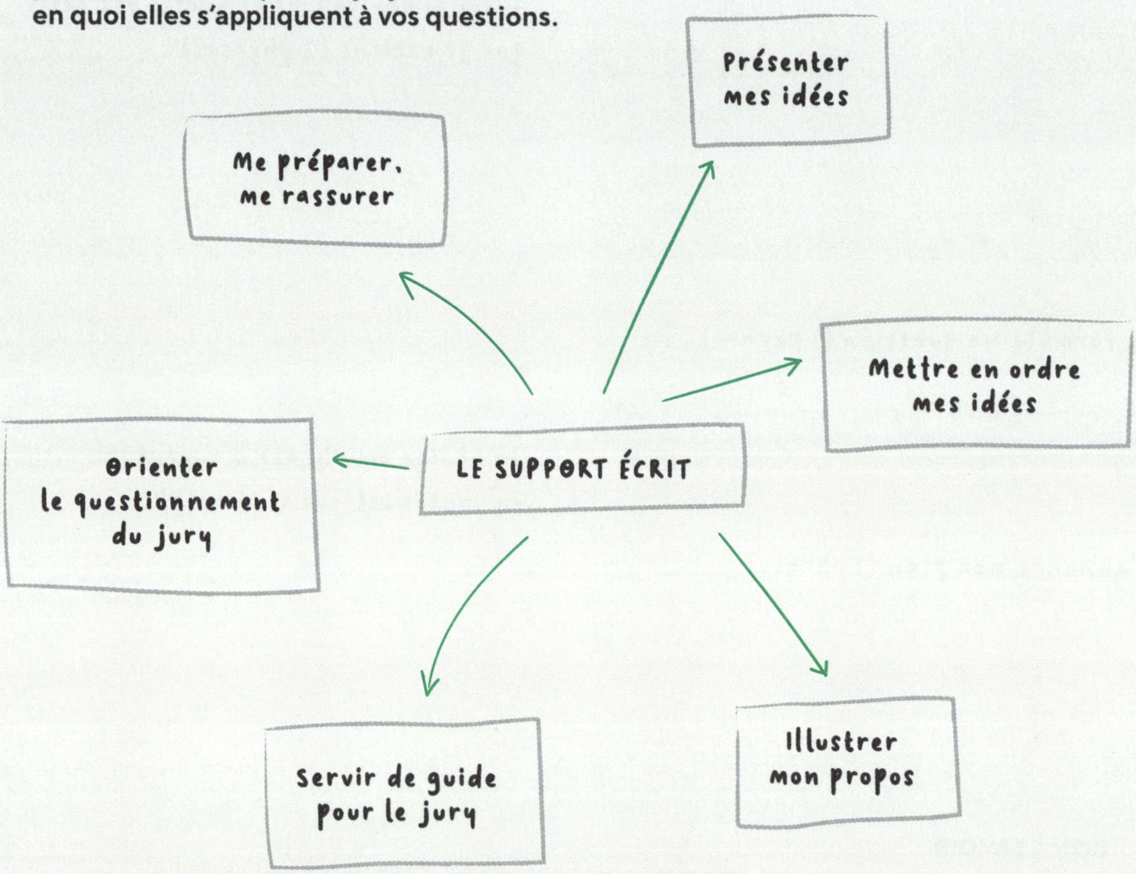

BON À SAVOIR

Le support peut avoir plusieurs fonctions :

- Il permet de **remettre en ordre vos idées** (plan, carte mentale, organigramme, tableau, etc.).
- Il peut servir à **illustrer votre propos** (schéma, formule, citation, etc.).
- Il peut **servir de guide, de point d'appui au jury** pour la deuxième partie de l'épreuve. Le jury peut vous interroger sur un élément figurant sur votre support.

POUR MA QUESTION 1

Les types de supports qui me plaisent le plus a priori sont : ....

....

....

J'ai l'habitude de manipuler des supports de type : ....

....

....

Le type de support qui me semble le plus approprié est : ....

....

....

POUR MA QUESTION 2

Les types de supports qui me plaisent le plus a priori sont : ....

....

....

J'ai l'habitude de manipuler des supports de type : ....

....

....

Le type de support qui me semble le plus approprié est : ....

....

....

LE CONSEIL MALIN

Vous aurez la possibilité lors du Grand oral de présenter un support écrit au jury. Ce support devra être réalisé sur une feuille pendant les 20 minutes de préparation.

Quelle que soit votre décision, vous devez anticiper et penser ce support à l'avance. Vous n'aurez ainsi plus qu'à le reproduire pendant votre temps de préparation.

ÉTAPE 2

D'après vos réflexions de l'étape 1, souhaitez-vous présenter un support ?

JE SOUHAITE PRÉSENTER UN SUPPORT

Pour ma question 1 : ☐ Oui ☐ Non

Pour ma question 2 : ☐ Oui ☐ Non

ACTIVITÉ 20
Je choisis ce que je veux mettre sur mon support

POUR MA QUESTION 1

Composez votre support en sélectionnant les éléments qui vous conviennent

MA QUESTION 1

....

....

....

....

MES SPÉCIALITÉS

....

....

....

....

LE CONSEIL MALIN
En fonction de vos enseignements de spécialité, vous pouvez varier les éléments à indiquer sur votre support. Mais, attention, le support ne doit pas être surchargé (choisir 2 à 4 éléments) et doit être réalisable en 20 minutes.

MON PLAN

....

....

....

....

....

....

....

....

UN SCHÉMA

UNE CITATION

DES MOTS-CLÉS

DES RÉFÉRENCES BIBLIOGRAPHIQUES

POUR MA QUESTION 2

Composez votre support en sélectionnant les éléments qui vous conviennent

MA QUESTION 2

....

....

....

....

MES SPÉCIALITÉS

....

....

....

....

MON PLAN

....

....

....

....

....

....

....

....

....

....

....

UN SCHÉMA

UNE CITATION

DES MOTS-CLÉS

DES RÉFÉRENCES BIBLIOGRAPHIQUES

ACTIVITÉ 21
Je teste mon support

À L'ACTION TESTEZ VOTRE SUPPORT

COMPÉTENCES TRAVAILLÉES
préparer le passage à l'oral

OBJECTIF
améliorer son support écrit

DURÉE TOTALE
30 minutes

ÉTAPE 1 · PRÉPAREZ VOTRE SUPPORT EN 20 MINUTES

ÉTAPE 2 · PRÉSENTEZ VOTRE QUESTION AVEC LE SUPPORT RÉDIGÉÀ VOS CAMARADES

Elles et ils pourront ainsi vérifier plusieurs points en s'appuyant sur la grille ci-dessous et vous aider à faire évoluer votre support.

	Oui	Non	Points à améliorer pour le support de ma question 1
Le support est bien présenté : il est propre, clair et soigné.			
Il n'y a pas de fautes d'orthographe.			
Les indications fournies ne sont pas trop nombreuses.			
Les schémas sont bien dessinés.			
Il y a des couleurs.			
Le jury peut s'appuyer sur des éléments pour poser des questions.			

BON À SAVOIR

Le support écrit est un outil qui peut avoir deux fonctions principales :

1. **Jouer le rôle d'un brouillon organisé** que vous aurez pensé à l'avance (vous maîtrisez ainsi parfaitement le temps de préparation de 20 minutes vous permettant de vous recentrer sur la question choisie par le jury).
2. **Servir de guide et d'aide au jury :** il visionne ainsi clairement les idées et les enjeux liés à votre question, il peut orienter le questionnement du jury pour les deuxième et troisième temps de l'épreuve.

	Oui	Non	Points à améliorer pour le support de ma question 2
Le support est bien présenté : il est propre, clair et soigné.			....
Il n'y a pas de fautes d'orthographe.			....
Les indications fournies ne sont pas trop nombreuses.			....
Les schémas sont bien dessinés.			....
Il y a des couleurs.			....
Le jury peut s'appuyer sur des éléments pour poser des questions.			....

LE CONSEIL MALIN

Le support est un moyen de communication écrite. Même si vous êtes évalué sur votre prestation orale, il peut représenter un atout supplémentaire. Soignez votre présentation et rendez votre support attractif !

Pour recommencer MINI-LIENS minilienrobert.com/1GC

OBJECTIF 11 Je prépare le deuxième temps - Les interrogations sur le cours, sur ma présentation

ACTIVITÉ 22
J'anticipe les questions qui pourront être posées

BON À SAVOIR

On peut classer en **quatre catégories** les questions qui pourraient vous être posées lors de l'entretien :

- Questions de **connaissances** sur votre programme de spécialité.
- Questions de **culture** dans le domaine de votre spécialité.
- Questions de **méthodologie.**
- Questions sur **l'orientation.**

À L'ACTION LE JURY MULTIPLE

COMPÉTENCES TRAVAILLÉES
préparer l'oral ; adopter un point de vue surplombant sur l'épreuve

OBJECTIFS
pratiquer l'oral ; améliorer la formulation et la clarté du discours ; anticiper les questions du jury et s'entraîner à y répondre

DURÉE TOTALE
30 minutes

ÉTAPE 1 · DEMANDEZ À 4 CAMARADES DE JOUER LE RÔLE DES JURÉS POUR VOTRE ORAL

Après avoir écouté votre prestation orale, ils doivent noter (dans le tableau ci-contre) cinq questions à vous poser.
Chaque juré doit se concentrer sur un type de questions parmi les 4 catégories citées dans le « bon à savoir » ci-dessus.

ÉTAPE 2 · UNE FOIS L'ORAL TERMINÉ, LES JURÉS POSENT CHACUN LEUR TOUR UNE DE LEURS QUESTIONS

Quand un juré pose sa question, les autres la notent dans leur tableau.
Les jurés doivent aussi évaluer les réponses que vous faites aux différentes questions dans la petite colonne à droite de chaque catégorie, par exemple avec des signes mathématiques (+ = réponse pertinente, correcte et bien construite, ≈ = réponse incomplète ou confuse, - = réponse erronée).

ÉTAPE 3 · SYNTHÈSE

À la fin de l'échange, remplissez votre propre tableau en synthétisant les avis des jurés.
Ensuite, n'hésitez pas à échanger les rôles !

LE CONSEIL MALIN

Grâce aux évaluations faites par vos camarades, vous pouvez donc repérer le type de questions qui semblent vous mettre le plus en difficulté. N'hésitez pas à répéter cet exercice après avoir modifié votre présentation et avec un nouveau jury : cela vous permettra de voir si les ambiguïtés ont été levées et les manques comblés. Cela vous permettra aussi de repérer des questions redondantes : celles qui reviennent le plus souvent sont probablement semblables à celles que le jury pourrait poser.

ORAL SUR :

Questions de connaissances		Questions de culture		Questions de méthodologie		Questions d'orientation	
1.		1.		1.		1.	
2.		2.		2.		2.	
3.		3.		3.		3.	
4.		4.		4.		4.	
5.		5.		5.		5.	

Pour recommencer et pour un exemple — MINI-LIENS minilienrobert.com/1GC

OBJECTIF 12

Je prépare le troisième temps - Je présente mon projet professionnel et mes expériences

ACTIVITÉ 23
Je fais des points réguliers

À L'ACTION IL ÉTAIT (ENCORE) UNE FOIS... MOI

Avant de vous lancer dans la préparation du troisième temps, reprenez votre production « Il était une fois... moi ».

Je fais un bilan personnel, p. 16

....

....

....

....

....

....

....

....

....

À L'ACTION MOI DANS 5, 10 ET 20 ANS

COMPÉTENCES TRAVAILLÉES
l'introspection

OBJECTIF
apprendre à se projeter dans l'avenir

DURÉE TOTALE
30 minutes

Dans cette variation du « À l'action : Moi, Président·e » (p. 19), vous vous autorisez à vous projeter dans un avenir idéal.

ÉTAPE 1 · PRÉPARATION · 25 minutes
Pour vous préparer, envisagez trois sujets :
- le métier auquel vous aspirez ;
- les raisons de ce choix ;
- ce que vous voulez concrètement faire (missions, projets) dans le cadre de ce métier.

Faites l'exercice en vous projetant d'ici 5 ans, 10 ans et 20 ans. Vous pouvez imaginer que vous évoluez dans le même secteur ou métier ou bien avoir complètement changé de voie.

ÉTAPE 2 · DISCOURS · 2 à 3 minutes
Vous avez 2 à 3 minutes pour présenter ces trois points aux autres !

ÉTAPE 3 · ÉCHANGE · 5 minutes
Votre auditoire vous questionne ensuite pour mieux comprendre ou pour en savoir plus sur vos motivations ou sur ce métier.

Dans 5 ans je serai ....

....

....

....

....

....

Je fais la synthèse des objectifs 1 et 2, p. 38

Dans 10 ans je serai ....

....

....

....

....

....

....

Dans 20 ans je serai ....

....

....

....

....

....

....

OÙ EN SONT MES VŒUX SUR PARCOURSUP ?

Avant le jour J, je fais le point sur ma situation Parcoursup :

- ☐ Je suis en attente sur tous mes vœux.
- ☐ J'ai obtenu le vœu souhaité.
- ☐ Je n'ai pas obtenu le vœu souhaité, je suis en attente sur mes autres vœux.
- ☐ Je n'ai pas obtenu les vœux souhaités, je suis en attente sur mon plan B.

LE CONSEIL MALIN
Refaites cette activité plusieurs fois dans l'année pour mesurer l'évolution de vos choix, de votre présentation et de vos réponses aux questions !

Pour aller plus loin MINI-LIENS minilienrobert.com/1GC

ACTIVITÉ 24
Je prépare la présentation de mon projet professionnel

ÉTAPE 1

Revenez sur le métier ou secteur professionnel qui vous intéresse et complétez le texte-ci-dessous en vous aidant de vos réponses à l'activité 2

Dans quelle situation d'orientation suis-je ?, p. 23

J'envisage de devenir / travailler dans ....

....

C'est un métier / secteur qui me plaît parce que ....

....

....

....

....

....

Pour y parvenir, il faut faire des études spécifiques : ....

....

....

....

....

....

C'est ce que je veux faire parce que ....

....

....

....

....

....

ÉTAPE 2

Citez trois compétences nécessaires

.... , ...

et ....

sont quelques-unes des qualités nécessaires pour ce métier / secteur professionnel.

ÉTAPE 3

Listez les différentes expériences professionnelles, associatives, organisationnelles que vous avez pu avoir

MES EXPÉRIENCES

....

....

....

....

....

....

ÉTAPE 4

Faites le lien entre vos compétences et les expériences qui s'y prêtent le plus

J'AI EU PLUSIEURS EXPÉRIENCES QUI M'ONT FAIT DIRE QUE J'AVAIS CES COMPÉTENCES

notamment ....

....

mais aussi ....

....

et enfin ....

....

ÉTAPE 5

Remplissez le tableau suivant

La présentation de chaque expérience doit tenir en 1 minute maximum à l'oral. Déroulez ainsi vos trois expériences et entraînez-vous à les dire dans le temps imparti.

	MA PRÉSENTATION	Durée
EXPÉRIENCE 1	....	5 secondes
Récit de mon expérience 1	....	25 secondes
En quoi cette expérience a révélé une ou plusieurs qualités et compétences nécessaires pour le métier ou secteur professionnel envisagé	....	25 secondes
Phrase de transition vers l'expérience 2	....	5 secondes

BON À SAVOIR

Le jury peut vous poser une **question liée à l'actualité** de ce métier (une grève, de nouvelles lois, un fait divers, etc.). Restez en veille tout au long de l'année de Terminale, jusqu'au jour de l'examen. Sur le même modèle que la recherche d'informations pour votre question, vous pouvez faire une **revue de presse** sur votre projet d'orientation : le mieux est de faire une veille en suivant des fils d'actualités d'écoles ou d'organismes en lien avec le secteur professionnel visé.

LE CONSEIL MALIN

Si vous vous projetez en artiste, ministre, archéologue ou pâtissier·ère, quelles que soient votre ambition et les réactions de vos proches, A-SSU-MEZ ! Vous verrez naturellement si cette ambition reste intacte au cours de l'année en fonction des choix d'orientation que vous devrez faire. Faites-vous confiance !

EXPÉRIENCE 2	....	5 secondes
Récit de mon expérience 2	....	25 secondes
En quoi cette expérience a révélé une ou plusieurs qualités et compétences nécessaires pour le métier ou secteur professionnel envisagé	....	25 secondes
Phrase de transition vers l'expérience 3	....	5 secondes
EXPÉRIENCE 3	....	5 secondes
Récit de mon expérience 3	....	25 secondes
En quoi cette expérience a révélé une ou plusieurs qualités et compétences nécessaires pour le métier ou secteur professionnel envisagé	....	25 secondes

Pour recommencer — MINI-LIENS minilienrobert.com/1GC

BILAN DE L'ÉTAPE 3

AUTO-BILAN

	Fait	Besoin d'aide
☆ **JE PRÉPARE LE PREMIER TEMPS – JE FAIS DES RECHERCHES**		
J'ai fait une revue de presse.		
J'ai constitué une pochette de documentation et j'ai noté les sources de mes documents.		
☆ **JE PRÉPARE LE PREMIER TEMPS – JE CONSTRUIS ET J'ÉCRIS MON DISCOURS**		
J'ai rédigé mon discours.		
J'ai choisi le plan le mieux adapté à ma question.		
Introduction : J'ai expliqué pourquoi j'ai choisi cette question.		
Corps du discours : J'ai présenté ma question, j'ai développé mes idées et mes arguments.		
Conclusion : J'ai résumé ce que j'avais dit et j'ai répondu à ma question dans une courte conclusion qui permettra de faire le lien avec les temps suivants d'entretien avec le jury.		
J'ai transmis mon discours écrit à mon tuteur pour validation.		
☆ **JE PRÉPARE LE PREMIER TEMPS – JE CONÇOIS MON SUPPORT ÉCRIT**		
J'ai exploré les différents types de supports.		
J'ai défini le support qui me semble le mieux adapté.		
J'ai mémorisé les éléments essentiels.		

	Fait	Besoin d'aide
☆ JE PRÉPARE LE DEUXIÈME TEMPS : LES INTERROGATIONS SUR LE COURS, SUR MA PRÉSENTATION		
J'ai anticipé les questions du jury (À l'action : Le jury multiple).		
☆ JE PRÉPARE LE TROISIÈME TEMPS : JE PRÉSENTE MON PROJET PROFESSIONNEL ET MES EXPÉRIENCES		
J'ai fait des points réguliers.		
J'ai préparé ma présentation et j'ai choisi 3 expériences professionnelles pertinentes.		
J'ai fait le point sur mes vœux Parcoursup.		

J'ai préparé les différents temps de mon Grand oral : ☐ Oui ☐ Non	Validation tuteur

ÉTAPE

4

Les ressources numériques disponibles

- **Des documents vierges** pour recommencer certaines activités si j'en éprouve le besoin
- **Des activités approfondies** pour maîtriser mon temps

MINI-LIENS minilienrobert.com/1GC

JE M'ENTRAÎNE À L'ORAL

LES OBJECTIFS de cette étape

- ☐ **Objectif 13 :** J'apprends à oraliser mon discours
- ☐ **Objectif 14 :** J'apprends à porter ma voix
- ☐ **Objectif 15 :** J'apprends à maîtriser mon corps
- ☐ **Objectif 16 :** J'apprends à gérer mes émotions pour le jour J

LES COMPÉTENCES ET LES CRITÈRES DE NOTATION travaillés dans cette étape

- ☐ Démontrer vos qualités oratoires
- ☐ Travailler la qualité orale de l'épreuve
- ☐ Travailler la qualité de l'interaction

OBJECTIF 13 J'apprends à oraliser mon discours

ACTIVITÉ 25
Je passe d'un texte complètement rédigé à un oral sans notes : je fais une fiche de mots

POUR MA QUESTION 1

ÉTAPE 1

Rédigez entièrement votre discours au mot près

BON À SAVOIR
La méthode pour porter un discours sans notes se divise en **trois étapes** : rédiger entièrement, résumer chaque paragraphe et identifier des mots-clés.

Si vous n'avez pas assez de place pour tout écrire dans le cahier, écrivez votre discours sur une page à part, pliez cette feuille et collez-la ci-dessous.

MON DISCOURS

....

....

....

....

....

....

....

....

....

....

....

....

....

....

....

....

....

....

....

ÉTAPE 2

Résumez chaque paragraphe en une phrase et apprenez-la par cœur

MES PARAGRAPHES EN UNE PHRASE CHACUN

Introduction ....
....
....

Paragraphe 1 ....
....
....

Paragraphe 2 ....
....
....

Paragraphe 3 ....
....

Conclusion ....
....
....

LE CONSEIL MALIN
S'il y a des chiffres-clés, écrivez-les entre parenthèses à la fin de la phrase.

ÉTAPE 3

Sur une fiche, synthétisez chaque phrase en un mot et apprenez par cœur la série de mots

MES PHRASES EN MOTS-CLÉS

Introduction ....

Paragraphe 1 ....

Paragraphe 2 ....

Paragraphe 3 ....

Conclusion ....

POUR MA QUESTION 2

ÉTAPE 1

Rédigez entièrement votre discours au mot près

Si vous n'avez pas assez de place pour tout écrire dans le cahier, écrivez votre discours sur une page à part, pliez cette feuille et collez-la ci-dessous.

MON DISCOURS

ÉTAPE 2

Résumez chaque paragraphe en une phrase et apprenez-la par cœur

MES PARAGRAPHES EN UNE PHRASE CHACUN

Introduction ....

Paragraphe 1 ....

Paragraphe 2 ....

Paragraphe 3 ....

Conclusion ....

LE CONSEIL MALIN
S'il y a des chiffres-clés, écrivez-les entre parenthèses à la fin de la phrase.

ÉTAPE 3

Sur une fiche, synthétisez chaque phrase en un mot et apprenez par cœur la série de mots

MES PHRASES EN MOTS-CLÉS

Introduction ....

Paragraphe 1 ....

Paragraphe 2 ....

Paragraphe 3 ....

Conclusion ....

ACTIVITÉ 26
J'apprends à oraliser mon discours : la boussole à entretien

ÉTAPE 1

Reprenez la présentation de votre projet professionnel et résumez chaque expérience en un mot-clé

Je prépare la présentation de mon projet professionnel, p. 100

Mon expérience 1 en un mot-clé : ....

Mon expérience 2 en un mot-clé : ....

Mon expérience 3 en un mot-clé : ....

ÉTAPE 2

Remplissez le schéma ci-contre en suivant ces consignes :

- **Notez de façon synthétique les caractéristiques du métier / secteur professionnel que vous visez (p. 25) au centre du schéma.**
- **Inscrivez au-dessus les 3 qualités nécessaires pour exercer ce métier.**
- **Déroulez dans le sens des aiguilles d'une montre les expériences et leurs mots-clés.**
- **Reliez chaque mot-clé avec une phrase de transition.**
  Cette phrase doit vous permettre de passer d'une expérience à une autre dans votre présentation. Appuyez-vous sur les transitions que vous avez précédemment identifiées avec la présentation de vos expériences.

TROIS QUALITÉS NÉCESSAIRES

.... • .... • ....

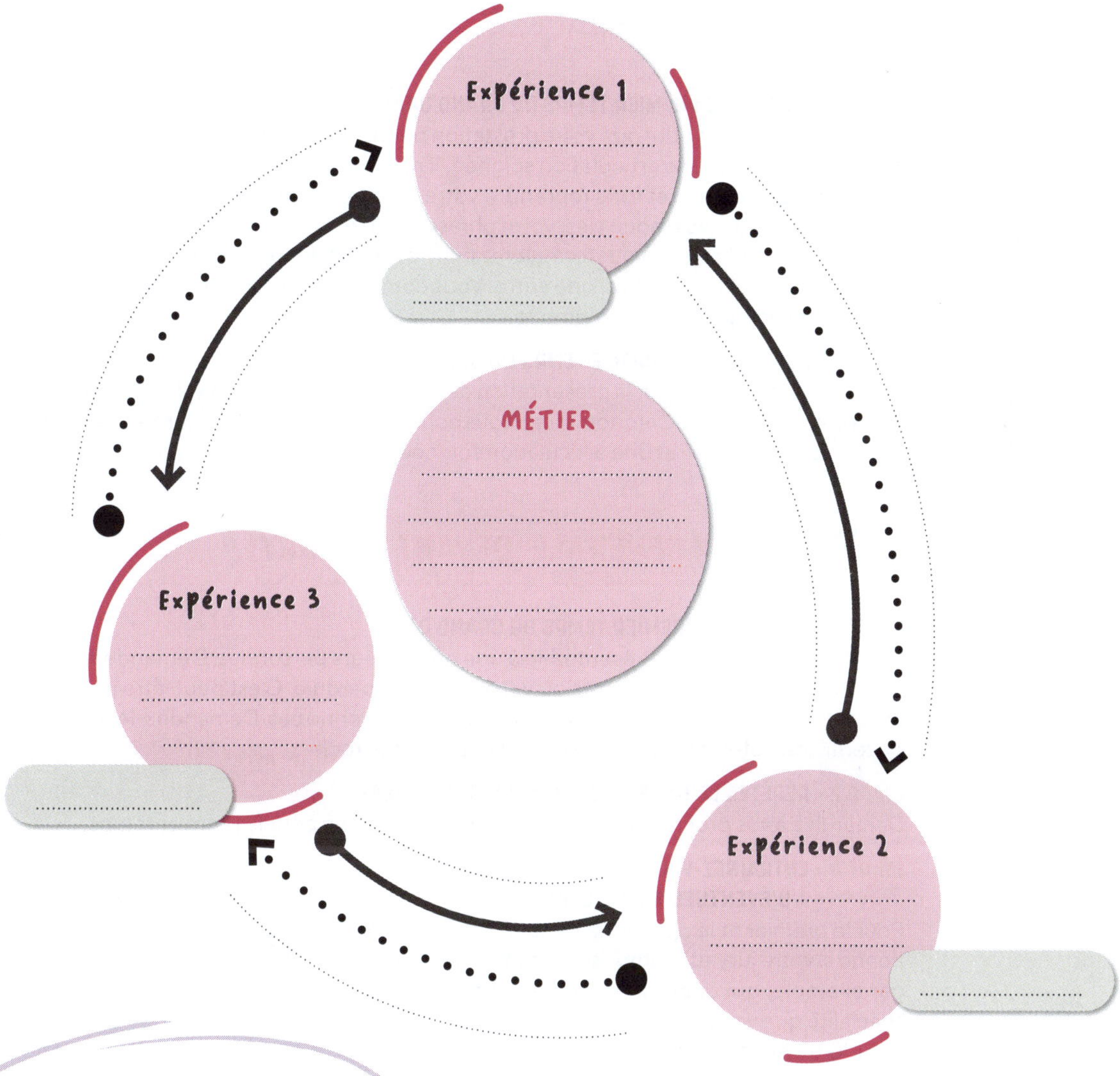

LE CONSEIL MALIN
Entraînez-vous à refaire ce schéma puis, quand vous le maîtrisez bien, à dérouler votre présentation à partir de ces mots-clés. Pour rappel, chaque présentation d'expérience doit tenir en 1 minute maximum à l'oral.

Le schéma pour recommencer — MINI-LIENS minilienrobert.com/1GC

ACTIVITÉ 27
Je répète

LE CONSEIL MALIN
Faites cet exercice deux ou trois fois. Prévoyez au moins une session au cours de laquelle votre jury fictif multiplie à dessein les pièges.

À L'ACTION LA RÉPÉTITION GÉNÉRALE EN SOLO

COMPÉTENCES TRAVAILLÉES
l'introspection ; la structuration de votre propos ; la maîtrise du corps et de la voix ; la créativité ; la mobilisation de vos connaissances

OBJECTIF
vous entraîner pour être prêt·e le jour J

DURÉE TOTALE
8 minutes + le temps du bilan et des éventuelles questions

ÉTAPE 1 · RÉPÉTEZ LE PREMIER TEMPS DU GRAND ORAL

Chronométrez-vous pour que votre prestation pendant le premier temps dure 5 minutes, avec un débit modéré et une articulation soignée. Il ne s'agit pas de tenir le temps imparti en mangeant un mot sur deux et sans reprendre votre souffle. Apprenez donc par cœur le début de votre introduction, vos mots-clés, votre phrase de fin et lancez-vous.

D'une répétition à l'autre, vous formulerez peut-être certains passages autrement ou passerez plus de temps sur une idée qu'une autre. Vous composerez ainsi votre mélodie qui, à force de travail, va s'ancrer dans votre mémoire.

ÉTAPE 2 · RÉPÉTEZ LE TROISIÈME TEMPS DU GRAND ORAL

Faites la même chose pour la présentation de votre projet professionnel à partir de votre boussole à entretien (p. 114). Chronométrez-vous pour que votre prestation dure entre 2 et 3 minutes, avec un débit modéré et une articulation soignée.

LA RÉPÉTITION GÉNÉRALE (DEVANT UN JURY)

ÉTAPE 1 · RÉPÉTEZ LE PREMIER TEMPS DU GRAND ORAL

Répétez votre discours. Présentez-le à une ou plusieurs personnes. Demandez à vos proches de noter les éventuels moments où vous vous êtes perdu·e. C'est peut-être une tournure de phrase qui vous bloque, ou une transition qui ne fonctionne pas. Demandez-leur aussi, en toute sincérité, de noter les moments où ils et elles ont décroché.

ÉTAPE 2 · RÉPÉTEZ LE TROISIÈME TEMPS DU GRAND ORAL

Demandez à vos proches de jouer le rôle du jury, comme pour le premier temps.

ÉTAPE 3 · ENTRAÎNEZ-VOUS À RÉPONDRE À D'ÉVENTUELLES QUESTIONS

À l'action : Le jury multiple, p. 96

Pour le premier et le deuxième temps : cette étape fonctionne si votre jury est composé de camarades de classe, par exemple, qui apprennent le même programme de spécialité que vous.

Pour le troisième temps : incitez d'abord votre jury à vous interroger sur le contenu de vos expériences pour vous permettre de vous entraîner à les dérouler. La fois suivante, laissez d'autres personnes vous interroger à l'aveugle, cela vous permettra d'avoir des réactions variées et de mieux anticiper celles du jour J.

ÉTAPE 4 · FAITES LE POINT

Demandez à votre jury de faire un bilan avec vous. Vous pouvez privilégier avec eux les retours sur la forme de votre prise de parole (débit, articulation, tics de langage, etc.). Si vos parents ou proches constituent votre jury fictif, ils peuvent aussi tout à fait vous aider à faire le point sur votre présentation, sans connaître le programme de spécialité. C'est d'ailleurs le propre d'un bon discours ! Même le ou la novice doit comprendre l'argumentation.

BON À SAVOIR

Vous entraîner devant vos proches vous permet d'apprendre à gérer le regard de l'autre. Ça ne viendra sûrement pas du premier coup. C'est normal, cela fait partie du processus. Si vous perdez vos moyens, ne baissez pas les bras. Enfin, vous devez surveiller vous-même le chronomètre.

LE BILAN DE MA RÉPÉTITION GÉNÉRALE POUR MA QUESTION 1

....

....

....

....

....

....

....

....

....

....

....

....

LE BILAN DE MA RÉPÉTITION GÉNÉRALE POUR MA QUESTION 2

....

....

....

....

....

....

....

....

....

....

....

....

Pour aller plus loin — MINI-LIENS minilienrobert.com/1GC

OBJECTIF 14 J'apprends à porter ma voix

ACTIVITÉ 28
J'articule

À L'ACTION LE CRAYON DANS LA BOUCHE

COMPÉTENCES TRAVAILLÉES
la maîtrise du corps et de la voix

OBJECTIF
améliorer votre articulation

DURÉE TOTALE
10 minutes

ÉTAPE 1 • AVEC LE CRAYON • 5 minutes
Quand vous répétez seul·e, entraînez-vous à dire votre présentation avec un crayon dans la bouche, en articulant au maximum.

ÉTAPE 2 • SANS LE CRAYON • 5 minutes
Puis, enlevez le crayon et redites votre texte. Soulagé·e d'être débarrassé·e de l'entrave du crayon, vous allez spontanément ouvrir davantage votre bouche et mieux articuler.

À L'ACTION LA MONTAGNE

COMPÉTENCES TRAVAILLÉES
la maîtrise du corps et de la voix

OBJECTIFS
améliorer votre articulation ; parler distinctement ; projeter votre voix

DURÉE TOTALE
5 minutes

Dans une salle de classe ou dans une grande pièce, entraînez-vous à projeter votre voix pour que vos interlocutrices ou interlocuteurs vous entendent parfaitement. Aidez-vous de trois personnes : dans une salle de classe, la première s'assoit au premier rang, la deuxième au milieu de la salle et la troisième au dernier rang. Si vous faites cela chez vous, demandez aux personnes de se répartir au mieux dans la pièce.

ÉTAPE 1 • L'INSTALLATION • 1 minute
Installez-vous sur l'estrade ou au bureau, ou dans un coin de la pièce. Imaginez-vous que la pièce est traversée par une montagne, que votre interlocutrice ou interlocuteur du dernier rang est de l'autre côté de cette montagne mais qu'elle ou il doit tout de même vous entendre.

ÉTAPE 2 • LE DISCOURS • 5 minutes
Lancez-vous dans votre présentation. Vos camarades ou vos proches vous arrêtent dès qu'elles ou ils n'ont pas entendu ou compris un mot.

ÉTAPE 3 • LES AJUSTEMENTS
Reprenez et ajustez le volume jusqu'à ce que chaque personne présente comprenne parfaitement ce que vous dites. Vous avez réussi si personne ne vous arrête avant la fin de votre présentation.

ACTIVITÉ 29
Je ralentis mon débit et je n'ai pas peur du silence

LE CONSEIL MALIN
Le jour de l'épreuve, vous devez prendre votre temps… tout en respectant le temps imparti !
Chronométrez-vous bien pendant vos entraînements : si c'est trop long, coupez.
Visez un texte de 4 minutes et 45 secondes.

À L'ACTION LA PONCTUATION DU SILENCE

COMPÉTENCES TRAVAILLÉES
la maîtrise du corps et de la voix

OBJECTIF
introduire des silences pour faire respirer votre texte et calmer vos émotions

DURÉE TOTALE
15 minutes

Cette ponctuation vous permettra de prononcer un texte aéré, qui sera plus facile à suivre pour votre jury et aussi de vous calmer, de reprendre votre souffle si besoin, et vous assurera la maîtrise de votre présentation.

ÉTAPE 1 · LES VIRGULES · 5 minutes

Dites le texte suivant en marquant pour chaque virgule et chaque point-virgule une pause d'une seconde :

« Les jeunes générations nous surprennent parfois en ce qu'elles diffèrent de nous ; nous les avons nous-mêmes élevées de façon différente de celle dont nous l'avons été. Mais cette jeunesse est courageuse, capable d'enthousiasme et de sacrifices comme les autres. Sachons lui faire confiance pour conserver à la vie sa valeur suprême. »

Discours de Simone Veil à l'Assemblée nationale du 26 novembre 1974.

ÉTAPE 2 · LES POINTS · 5 minutes

Dites le texte en marquant pour chaque point, une pause de deux secondes.

ÉTAPE 3 · LES POINTS ET LES VIRGULES · 5 minutes

Dites le texte en marquant à la fois les pauses pour les virgules et pour les points.

ÉTAPE 4 · À VOUS DE JOUER

Copiez ci-dessous l'introduction de l'une de vos deux questions. Surlignez la ponctuation et entraînez-vous à la dire en marquant les pauses pour les virgules et pour les points.

....

....

....

....

....

....

....

BON À SAVOIR
Quand vous vous entraînez à dire votre présentation, pensez à **laisser au moins un silence** entre la fin de votre introduction et le début de votre argumentation, et entre la fin de votre argumentation et votre conclusion. Cela donnera au jury des signaux qui l'aideront à suivre votre propos.

ACTIVITÉ 30
Je varie le volume et l'intensité

LE CONSEIL MALIN
Un débit clair ne doit pas pour autant être monotone. Votre voix doit être le miroir de votre texte : elle doit être plus forte si vous parlez d'un fait qui vous révolte, peut-être plus feutrée si vous voulez attirer l'attention sur la subtilité d'un argument. En somme, vous devez moduler votre voix pour qu'elle soit au service de votre texte.

À L'ACTION LE RYTHME ET L'INTONATION DE LA DÉCLAMATION

COMPÉTENCES TRAVAILLÉES
la créativité ; la maîtrise du corps et de la voix ; l'introspection

OBJECTIF
apprendre à déclamer avec justesse, pour respecter les intentions de votre texte

DURÉE TOTALE
10 minutes

ÉTAPE 1 • DÉCLAMEZ UN TEXTE • 5 minutes
Prenez un texte dans un de vos manuels. Lisez-le en entier plusieurs fois de suite, selon les différents champs de la déclamation : en criant, en chuchotant, en ralentissant, en accélérant. Choisissez ensuite les passages où vous crierez et d'autres où vous chuchoterez, certains où vous ralentirez et d'autres où vous accélérerez. Faites-le d'abord de manière exagérée puis de manière plus nuancée.

ÉTAPE 2 • LE CRI ET LE CHUCHOTEMENT
Déclamez ce texte en disant une phrase en criant et une autre en chuchotant, alternativement jusqu'à la fin du texte.

Étape 3 • LE RYTHME
Déclamez ce texte en disant une phrase en accélérant le rythme de déclamation et une autre en le ralentissant, alternativement jusqu'à la fin du texte.

ÉTAPE 4 • LE SON ET LE SENS
Après ces deux étapes, repérez les passages du texte qui sont mis en valeur par un ton de voix plus fort ou plus doux, par un débit plus lent ou plus rapide. Soulignez les mots de chaque phrase sur lesquels vous devez faire porter votre voix pour permettre à l'auditoire de bien vous suivre. Faites une dernière lecture, devant un public cette fois, ou en vous enregistrant, pour vérifier l'efficacité de votre choix !

Refaites ce travail pour vos deux discours.

BON À SAVOIR
Le champ de la déclamation est à connaître pour apprendre à déclamer avec justesse :

- **Crier** est utile pour interpeller mais peut aussi déranger et agresser l'auditeur.
- **Chuchoter** au milieu d'une prise de parole amène parfois le public à se rendre plus attentif.
- **Ralentir le rythme** permet de se faire comprendre.
- **Un rythme rapide** peut être volontaire et souligner l'importance d'un propos.

ACTIVITÉ 31
J'évite les tics de langage

LE CONSEIL MALIN
Pendant votre entraînement, faites attention aux scories qui reviennent régulièrement chez vous. « Euh », « bah » ou les expressions béquilles comme « du coup », « en fait » ou encore « voilà » en guise de conclusion, sont à bannir ! Essayez d'en chasser un maximum, votre texte gagnera en clarté.

À L'ACTION LA TÊTE À CLAP

COMPÉTENCES TRAVAILLÉES
la maîtrise du corps et de la voix

OBJECTIF
faire la chasse aux tics de langage

DURÉE TOTALE
5 minutes

ÉTAPE 1 · REPÉREZ VOS TICS DE LANGAGE ET LEUR FRÉQUENCE
Présentez l'une de vos questions et dès que vous prononcez un « euh » ou tout autre tic de langage pour combler un silence ou une hésitation, l'auditoire doit taper dans ses mains deux fois. Quelqu'un dans l'auditoire compte le nombre de claps.

ÉTAPE 2 · FAITES LA LISTE DE VOS TICS DE LANGAGE LES PLUS FRÉQUENTS ET TENTEZ DE LES ÉLIMINER PROGRESSIVEMENT

MES TICS DE LANGAGE LES PLUS FRÉQUENTS

....

....

....

....

....

....

....

....

....

....

....

....

....

BON À SAVOIR
Il faut **refaire l'exercice plusieurs fois**, régulièrement, pour éliminer progressivement les tics de langage.

OBJECTIF 15 J'apprends à maîtriser mon corps

ACTIVITÉ 32
Je soigne ma posture

BON À SAVOIR

En situation d'oral, pour faire passer vos idées, **vos trois outils sont votre corps, votre regard et votre voix**. Il est donc très important de trouver votre posture d'oratrice ou d'orateur, celle qui donnera envie au jury de vous écouter, qui permettra à votre voix d'être claire et forte et à votre regard d'être assuré.
Pour trouver votre posture d'oratrice ou d'orateur, il faut **vous entraîner régulièrement** jusqu'à ce qu'elle vienne naturellement.

À L'ACTION ÉCHAUFFEZ VOTRE CORPS ET TROUVEZ VOTRE POSTURE

COMPÉTENCES TRAVAILLÉES
la maîtrise du corps et de la voix

OBJECTIF
préparer son corps et sa voix à la parole

DURÉE TOTALE
15 minutes

ÉTAPE 1 · ÉCHAUFFEZ-VOUS
Exercez des rotations successives sur vos articulations en partant des pieds (chevilles, genoux, hanches, bassin, coudes, poignets) et en insistant bien sur les épaules : faites rouler votre tête de gauche à droite puis de droite à gauche doucement d'abord sur l'avant (menton dans le cou) puis l'arrière.
Respirez profondément par le nez pendant tout l'exercice.

ÉTAPE 2 · DYNAMISEZ-VOUS
Vous pouvez frotter vos bras, vos cuisses et vos jambes, l'arrière du dos et des épaules énergiquement avec votre poing fermé.

ÉTAPE 3 · TROUVEZ LE FIL
Bien ancré·e sur vos jambes, tenez-vous bien droit·e comme un T, croisez les mains au-dessus de votre tête et tirez en inspirant jusqu'à ce que vous soyez sur la pointe des pieds.
Tenez trois secondes puis redescendez en soufflant et en balançant les bras. Vous devriez vous sentir droit·e, comme si un fil partait du sommet de votre tête pour s'accrocher au plafond.

ÉTAPE 4 · TROUVEZ VOTRE POSTURE
Faites attention aux détails : épaules basses et un peu en arrière pour bien dégager la colonne d'air, les genoux et les pieds dans le même axe que les épaules pour être bien ancré·e dans le sol. Faites plusieurs essais pour vous sentir plus à l'aise.

ÉTAPE 5 · TESTEZ VOTRE COLONNE D'AIR
La tête bien droite, regardez devant vous et essayez d'adopter une respiration abdominale, en respirant par le nez et en soufflant par la bouche. Vos épaules ne doivent pas bouger.

La respiration abdominale, p. 127

ÉTAPE 6 · POSEZ VOTRE VOIX
Posez un son sur votre expiration, en jouant sur son volume (très doux, plus fort, etc.) et sa longueur.

ÉTAPE 7 · DÉPLACEZ-VOUS
Testez votre posture dans l'espace : toujours bien droit·e, fixez le regard sur un point et déplacez-vous comme si un fil au niveau du nombril vous tirait vers ce point. Vous pouvez varier ces déplacements en récitant une phrase, là aussi en variant le volume et en changeant de ton.

LE CONSEIL MALIN

Souriez ! Comme le regard, le sourire établit une connexion positive avec le jury. Le sourire aura aussi des répercussions sur votre voix : vous parlerez de façon plus détendue, plus naturelle.

À L'ACTION MON CORPS, MES SENSATIONS

COMPÉTENCES TRAVAILLÉES
la maîtrise du corps

OBJECTIF
prendre conscience de son corps

DURÉE TOTALE
15 minutes

ÉTAPE 1 · DESSINEZ UNE SILHOUETTE (ASSISE OU DEBOUT) QUI VOUS REPRÉSENTE

ÉTAPE 2 · COLORIEZ LES PARTIES DU CORPS DE LA SILHOUETTE QUI PARAISSENT IMPORTANTES POUR VOTRE PRÉSENTATION.

ÉTAPE 3 · MARQUEZ D'UNE * CELLES AUXQUELLES VOUS PENSEZ DEVOIR FAIRE ATTENTION LE JOUR J

LE CONSEIL MALIN

Pendant le premier temps de l'épreuve, vous devez présenter votre question debout. Pour les deuxième et troisième temps, vous avez le choix entre rester debout ou vous asseoir. Si vous choisissez d'être assis·e, vous pouvez conserver votre posture d'oratrice ou d'orateur en gardant le dos bien droit, les deux pieds posés bien à plat devant vous (mais pas les jambes ou les chevilles croisées). Faites alors attention à vos mains qui ne devront pas être molles sur vos cuisses ni occupées à tambouriner sur la table ou à tripoter le bouton de votre chemise.

ACTIVITÉ 33
J'ajuste ma voix

LE CONSEIL MALIN
Attention, au moment de parler fort, il ne faut pas crier. Restez dans vos médiums, c'est-à-dire soutenez la voix sans partir dans les aigus. N'hésitez pas à faire cet exercice avant votre Grand oral.

À L'ACTION AJUSTEZ LA VOIX

COMPÉTENCES TRAVAILLÉES
la maîtrise du corps et de la voix

OBJECTIF
préparer son souffle et sa voix à la parole

DURÉE TOTALE
2 minutes

Prononcez les phrases ci-dessous en ajustant le volume sur la taille des lettres. Trouvez le maximum d'amplitude :

JE VOUS PRÉSENTE MON GRAND ORAL.

JE VOUS PRÉSENTE MON GRAND ORAL.

JE VOUS PRÉSENTE MON GRAND ORAL.

JE VOUS PRÉSENTE MON GRAND ORAL.

JE VOUS PRÉSENTE MON GRAND ORAL.

JE VOUS PRÉSENTE MON GRAND ORAL.

JE VOUS PRÉSENTE MON GRAND ORAL.

JE VOUS PRÉSENTE MON GRAND ORAL.

Faites le même exercice avec des phrases issues de votre discours.
Trouvez l'intonation qui vous semble la plus juste. N'hésitez pas à demander son avis à un auditoire.

AUTO-ÉVALUATION

- Au quotidien, quand je suis en famille je pense que je ☐ parle bas ☐ parle fort ☐ crie.
- Mes parents m'ont déjà dit que je ☐ parlais trop bas ☐ parlais trop fort ☐ criais.
- Au quotidien, quand je suis en classe je pense que je ☐ parle bas ☐ parle fort ☐ crie.
- Mes professeurs·s m'ont déjà dit de ☐ parler plus fort ☐ parler moins fort.
- Avec mes amis·es j'ai tendance à ☐ parler bas ☐ parler fort ☐ crier.

ACTIVITÉ 34
Je me sers de mes mains

À L'ACTION LES GESTES

COMPÉTENCES TRAVAILLÉES
la maîtrise du corps et de la voix

OBJECTIF
maîtriser votre gestuelle

DURÉE TOTALE
3 à 6 minutes

ÉTAPE 1 • LE THÈME • 1 minute
Définissez un thème pour une prise de parole improvisée : vos dernières vacances, le dernier film ou la dernière série que vous avez vus, etc.

ÉTAPE 2 • L'INSTALLATION • 1 minute
Installez-vous l'un·e derrière l'autre. Le public se place devant vous.

ÉTAPE 3 • L'IMPROVISATION • 3 minutes
Celui ou celle qui est devant se lance dans son improvisation. Celui ou celle qui est derrière doit accompagner le discours de gestes adéquats, qui vont illustrer le propos au mieux.

ÉTAPE 4 • LE BILAN • 1 minute
Le public doit vous dire si gestes et paroles se sont effectivement complétés !

Inversez ensuite les rôles !

Avec mes mains j'ai tendance à ....
....
....
....
....

Je dois faire attention à plus ....
....
....
....
....

Je dois faire attention à moins ....
....
....
....
....

BON À SAVOIR

Quelques principes sur le langage des mains :

- **Les mains sur le pupitre :** en présence d'une table, n'hésitez pas à poser régulièrement les mains de part et d'autre du meuble et à vous y appuyer.
- **Les doigts croisés (ou les mains enveloppées) au niveau du diaphragme :** c'est la position « refuge » pour les mains, une position neutre à adopter lorsque vous n'en avez pas besoin. Cela est d'autant plus utile lorsque vous n'avez pas de pupitre en face de vous.
- **Utilisez vos mains pour appuyer le texte :** les gestes doivent être coordonnés avec l'intonation du discours. Lorsque le rythme du discours ralentit, inutile de trop gesticuler. Quand, en revanche, le timbre de la voix devient plus grave et monte en puissance, vous pouvez l'accompagner par des gestes des mains plus amples.
- **Mains ouvertes et tournées vers l'auditoire :** ce geste signifie que vous souhaitez établir un lien avec lui, que vous invitez le public à s'emparer de ce que vous dites. C'est la posture des mains la plus utilisée avec la posture « refuge ».

ACTIVITÉ 35
Je me sers de mon regard

À L'ACTION LE JEU DU REGARD

COMPÉTENCES TRAVAILLÉES
la maîtrise du corps et de la voix

OBJECTIF
soutenir le regard de votre interlocuteur ou interlocutrice

DURÉE TOTALE
13 minutes

ÉTAPE 1 · EN SILENCE · 3 minutes
Placez-vous l'un·e en face de l'autre et sans parler, regardez-vous dans les yeux pendant trois minutes. Utilisez un minuteur ou un réveil pour éviter de détourner le regard pour vérifier le temps.

ÉTAPE 2 · AVEC LE TEXTE · 5 minutes
Reculez de trois pas à une distance comparable à celle que vous installerez avec votre jury le jour J. Puis lancez-vous dans votre présentation en essayant de ne pas quitter votre interlocuteur ou votre interlocutrice du regard.

ÉTAPE 3 · FACE AU JURY · 5 minutes
Pour être dans les conditions du Grand oral, demandez ensuite à une personne supplémentaire de s'installer face à vous. Lancez-vous dans votre discours, en faisant attention à balayer les deux personnes du regard. L'une des deux pourra jouer le rôle du jury captivé et l'autre, du jury dissipé, qui soupire, regarde son téléphone... Vous ne devrez pas vous déconcentrer et vous devrez aller au terme de votre présentation.

Inversez les rôles et recommencez !

BON À SAVOIR

L'artiste contemporaine Marine Abramović a aussi effectué cet exercice ! C'était au cours d'une performance au Modern Art of New York en 2010 : Marine Abramović s'est assise pendant des heures, tous les jours, pour regarder en silence les visiteurs qui souhaitaient lui faire face autant de temps qu'ils voulaient. Vous en trouverez les images sur internet !

LE CONSEIL MALIN

Ces remarques valent pour tous les temps de l'oral. Quand on pose une question à quelqu'un, la connexion est plus forte si celui-ci vous répond en vous regardant dans les yeux. Néanmoins, si vous êtes impressionné·e, ne vous forcez pas. Cherchez alors à accrocher le regard du jury pendant quelques secondes, le plus souvent possible, notamment pour vérifier qu'il vous suit bien.

OBJECTIF 16 J'apprends à gérer mes émotions pour le jour J

ACTIVITÉ 36
J'évacue le stress

BON À SAVOIR
La respiration abdominale est la respiration des chanteurs et des comédiens, des coureurs et des adeptes du yoga. C'est la respiration que l'on adopte naturellement quand on est allongé·e. Elle sert à **contrôler le volume de sa voix** et également à **calmer le stress et se concentrer**. Il suffit d'inspirer et d'expirer lentement et profondément (en comptant jusqu'à 5) sur une dizaine de respirations espacées de deux secondes, en fermant les yeux.

À L'ACTION LA RESPIRATION ABDOMINALE

COMPÉTENCES TRAVAILLÉES
la maîtrise du corps et de la voix

OBJECTIF
se détendre avant une prise de parole

DURÉE TOTALE
2 à 3 minutes

ÉTAPE 1 · POUR ÊTRE CONSCIENT·E DE VOTRE RESPIRATION ABDOMINALE, CONCENTREZ-VOUS SUR VOTRE SOUFFLE QUAND VOUS ÊTES ALLONGÉ·E

Inspirez, votre ventre se gonfle ; expirez en contractant vos abdominaux, votre ventre se creuse ; relâchez vos abdominaux : votre ventre se regonfle tout de suite !

ÉTAPE 2 · EN POSITION ALLONGÉE, POSEZ UN OBJET SUR VOTRE VENTRE ET FAITES-LE MONTER PUIS DESCENDRE AU RYTHME DE VOTRE RESPIRATION, PLUS OU MOINS RAPIDEMENT

Évitez d'utiliser un objet fragile ou trop lourd !

ÉTAPE 3 · METTEZ-VOUS DEBOUT DANS VOTRE POSTURE D'ORATRICE OU D'ORATEUR ET ESSAYEZ DE REPRODUIRE CETTE RESPIRATION QUI VIENT DU VENTRE

Gardez bien les épaules basses pour éviter d'adopter une respiration thoracique. Vous pouvez poser une main sur votre ventre et la pousser légèrement sur l'inspiration pour vous aider à retrouver le mouvement, puis contractez doucement vos abdos en laissant sortir un son sur votre expiration.

LE CONSEIL MALIN
Le stress peut également jouer sur votre voix en contractant les muscles de la gorge. Quand vous pratiquez la respiration abdominale, vous ne rencontrez plus ce problème car votre souffle vient de votre ventre. Plus vous vous exercez, plus cette respiration viendra naturellement quand vous en aurez besoin. Et vous, quel est votre record de temps d'expiration ?

BON À SAVOIR
L'état de pleine conscience permet de se recentrer sur ses sensations corporelles, de chasser ainsi les pensées négatives.

LE CONSEIL MALIN
N'hésitez pas à refaire cet exercice une fois par semaine tout au long de la préparation et une fois par jour durant la semaine qui précède l'épreuve.

À L'ACTION APPRENDRE LA PLEINE CONSCIENCE

COMPÉTENCES TRAVAILLÉES
la maîtrise du corps et de la voix ; l'introspection

OBJECTIF
trouver la sérénité avant de prendre la parole

DURÉE TOTALE
20 minutes

ÉTAPE 1 · PRATIQUEZ LA RESPIRATION ABDOMINALE PENDANT QUELQUES MINUTES

ÉTAPE 2 · CONCENTREZ-VOUS SUR LES DIFFÉRENTES PARTIES DE VOTRE CORPS (LE COU, LES BRAS, LES MAINS, LE TRONC, LES JAMBES, LES PIEDS, LES POINTS DE CONTACT AVEC LE SOL)

Durant cet exercice, vous êtes complètement immobile.

ÉTAPE 3 · SI DES PENSÉES NÉGATIVES APPARAISSENT, LAISSEZ-LES PASSER, RECONCENTREZ-VOUS SUR VOTRE RESPIRATION ET SUR VOS SENSATIONS CORPORELLES

Convoquez les images d'une situation qui vous fait du bien.

ÉTAPE 4 · LORSQUE VOUS VOUS SENTEZ PLEINEMENT RELAXÉ·E ET SANS PENSÉES NÉGATIVES, VOUS POUVEZ ARRÊTER L'EXERCICE

LE CONSEIL MALIN
Vous écoutez toujours la même chanson en boucle ? Vous vous imaginez sur une plage au soleil ? Vous récitez l'alphabet en chantant à l'envers ? Nous avons toutes et tous nos propres astuces de relaxation, lesquelles sont les vôtres ?

MES ASTUCES PERSONNELLES POUR ME DÉTENDRE

....

....

....

....

....

....

....

ACTIVITÉ 37
Le jour J : je gère mes 20 minutes de préparation

BON À SAVOIR
Une fois que le jury vous a attribué une de vos deux questions, vous avez 20 minutes de préparation. Ce temps va vous permettre de vous remémorer votre travail et de préparer votre support écrit, si vous en avez un.

À L'ACTION QUELQUES ÉTAPES À SUIVRE LE JOUR J

COMPÉTENCES TRAVAILLÉES
la maîtrise du corps et de la voix

OBJECTIF
maîtriser votre gestuelle

DURÉE TOTALE
3 à 6 minutes

ÉTAPE 1 · REMÉMOREZ-VOUS VOTRE FICHE DE MOTS ET ÉCRIVEZ-LA · 5 minutes
Cette étape va vous remettre les idées en ordre et vous assurer que vous maîtrisez bien votre déroulé.

La fiche de mots, p. 108

ÉTAPE 2 · PRÉPAREZ VOTRE SUPPORT ÉCRIT · 10 minutes
Si vous avez fait le choix de proposer un support écrit, prenez 10 minutes pour le préparer.

ÉTAPE 3 · PRÉPAREZ VOTRE TROISIÈME TEMPS · 5 minutes
Gardez-vous cinq minutes pour refaire votre boussole à entretien et vous remémorer votre présentation.
Ici aussi vous pouvez faire une fiche de mots. En revanche, vous ne pourrez pas la donner au jury : en effet, votre support ne doit porter que sur le premier temps.

La boussole à entretien, p. 114

S'il vous reste quelques minutes avant la fin de votre temps de préparation, si vous êtes prêt·e et si vous en ressentez le besoin, pratiquez la respiration abdominale et la pleine conscience pour évacuer le stress qui pourrait venir parasiter votre oral.

La respiration abdominale, p. 127

LE CONSEIL MALIN
Soyez bienveillant·e envers vous-même : vous êtes stressé·e au moment de commencer ? Avouez-le au jury. En parler vous permettra d'évacuer cette émotion, de l'assumer pour passer à la suite. Si vous avez pensé à prendre une bouteille d'eau avec vous, n'hésitez pas à boire quelques gorgées si vous en ressentez le besoin avant l'oral et, si le jury vous le propose, entre les différents temps de l'épreuve. Ne restez pas la bouche sèche, vous hydrater vous détendra, et ces pauses seront bienvenues pour reprendre vos esprits. N'ayez pas peur de ces moments de pause.

Pour aller plus loin MINI-LIENS minilienrobert.com/1GC

ACTIVITÉ 38
Le jour J : je gère mes trous de mémoire

LE CONSEIL MALIN
Pas de panique, vous avez travaillé, vous maîtrisez votre sujet, votre texte va revenir. Si ce trou de mémoire persiste, jouez franc-jeu avec vos examinatrices ou examinateurs. Assumez-le. Vous ne passez pas un concours, le jury pourra vous aider à reprendre le fil de votre pensée, notamment grâce à votre support écrit.

À L'ACTION PENDANT LE PREMIER TEMPS

COMPÉTENCES TRAVAILLÉES
mémorisation

OBJECTIF
maîtriser sa prise de parole

ÉTAPE 1 · QUELS SONT LES PASSAGES QUE VOUS AVEZ TENDANCE À OUBLIER ?

Pour ma question 1 ……………………………………

……………………………………

……………………………………

……………………………………

……………………………………

Pour ma question 2 ……………………………………

……………………………………

……………………………………

……………………………………

……………………………………

ÉTAPE 2 · À QUELS MOYENS POUVEZ-VOUS FAIRE APPEL POUR RETENIR CES PASSAGES ?

……………………………………

……………………………………

……………………………………

……………………………………

……………………………………

……………………………………

BON À SAVOIR
Il peut s'agir de **sons**, de **mots** (comme avec votre fiche de mots), d'**associations d'idées** avec des couleurs ou des personnages de fiction, des chansons, etc. N'oubliez pas aussi de **ralentir la cadence** de votre propos et de faire appel à la ponctuation du silence.

Je fais une fiche de mots, p. 108

Je ralentis mon débit et je n'ai pas peur du silence, p. 119

À L'ACTION PENDANT LE DEUXIÈME TEMPS

COMPÉTENCES TRAVAILLÉES
mémorisation

OBJECTIF
maîtriser sa prise de parole

Si vous séchez devant une remarque sur votre présentation ou sur une question de cours, ne paniquez pas :

ÉTAPE 1 · PRENEZ LE TEMPS DE RESPIRER ET DE RECHERCHER DANS VOTRE MÉMOIRE

ÉTAPE 2 · CONCENTREZ-VOUS SUR UN POINT DEVANT VOUS

ÉTAPE 3 · DEMANDEZ ÉVENTUELLEMENT À VOTRE JURY DE PRÉCISER SA QUESTION

ÉTAPE 4 · SI VOUS NE TROUVEZ PAS DU TOUT, ASSUMEZ-LE POUR POUVOIR PASSER À AUTRE CHOSE

LE CONSEIL MALIN
Soyez-vous-même quand vous assumez. Si votre manière de gérer un aléa comme celui-là c'est l'humour, allez-y, faites une blague ! C'est peut-être ce dont vous aviez besoin pour faire redescendre la pression et enchaîner.

À L'ACTION PENDANT LE TROISIÈME TEMPS

COMPÉTENCES TRAVAILLÉES
mémorisation

OBJECTIF
maîtriser sa prise de parole

ÉTAPE 1 · POUR LA PRÉSENTATION DE VOTRE PROJET PROFESSIONNEL, APPLIQUEZ LES CONSEILS DONNÉS POUR LE PREMIER TEMPS

Les passages que j'ai tendance à oublier dans ma présentation ....

....

....

....

....

ÉTAPE 2 · ESSAYEZ DE VOUS REMÉMORER VOTRE BOUSSOLE À ENTRETIEN

N'hésitez pas à vous entraîner avec des proches aux parcours personnels et professionnels variés. Demandez à vos parents, professeurs·es, amis·es quelles sont leurs astuces pour gérer les trous de mémoire.

La boussole à entretien, p. 114

BON À SAVOIR
Vous pouvez vous appuyer sur le **site de l'OCDE** « Les métiers du futur » pour donner votre vision du futur professionnel.

LE CONSEIL MALIN
Si le jury vous fait remarquer que les perspectives d'emploi dans votre métier sont aléatoires, ne perdez pas vos moyens. C'est votre ambition, affichez-la fièrement. N'hésitez pas à exposer votre démarche de recherche et de réflexion au sujet de votre orientation. Ce recul vous permettra de montrer que vous êtes capable d'ajuster votre parcours en cas d'aléas ou de transformations du secteur professionnel visé.

ACTIVITÉ 39
Je compose la liste des éléments auxquels je dois faire attention le jour J

BON À SAVOIR

Vous passez l'oral bientôt et il vous reste des points à améliorer ? Vous parlez toujours trop vite ? Vous ne regardez pas suffisamment le jury ? Pas de panique. **Pour vous rassurer, établissez une liste de vos points de vigilance** : « penser à sourire », « articuler », « éviter les euh », etc. Cette liste est la vôtre, elle fonctionne pour vous et pour personne d'autre. **Quand vous vous entraînez, passez-la en revue**. Vous saurez qu'il faut prêter attention à ces points en vue du jour J.

MES ÉTAPES DE PRÉPARATION

- ☐ Je fais un bilan personnel initial : comprendre mes aspirations personnelles et professionnelles.
- ☐ Je définis un projet professionnel.
- ☐ Je choisis deux questions pour le Grand oral.
- ☐ Je fais des recherches sur les questions retenues.
- ☐ Je fais un plan détaillé pour chaque question et je le fais valider par mes professeurs·es.
- ☐ Je rédige entièrement le discours pour chaque question et j'en fais une fiche de mots.
- ☐ Je fais une boussole à entretien pour présenter mon projet professionnel.
- ☐ Je m'entraîne seul·e à réciter mes deux discours et ma boussole à entretien, sans notes.
- ☐ Je travaille la verbalisation (volume de la voix, ponctuation du silence, respiration, etc.), la gestuelle (mains, posture du corps) et l'occupation de l'espace.
- ☐ Je m'exerce dans les conditions réelles de l'oral, avec la grille indicative d'évaluation, devant un jury fictif (professeurs·es, camarades de classe, amis·es, proches) et je m'entraîne jusqu'à me sentir à l'aise sur les trois temps de l'oral.

LES ÉLÉMENTS AUXQUELS JE DOIS FAIRE ATTENTION LE JOUR J

....

....

....

....

....

....

....

....

....

....

....

....

....

....

....

....

....

BON À SAVOIR

Attention : vous devez vous présenter à l'examen **avant votre horaire de passage,** cela devrait être indiqué sur votre convocation.

LES CONSEILS MALINS POUR LE JOUR J

Épargnez-vous un stress inutile avant l'épreuve, essayez d'être prévoyant·e :

- **Préparez vos affaires la veille :** pièce d'identité, convocation, liste officielle des deux questions préparées, notes, une bouteille d'eau, de quoi écrire, des bouchons d'oreilles pour vous isoler du bruit pendant la préparation, une montre non connectée.
- **Prévoyez toujours d'arriver en avance à l'examen :** vous pourrez ainsi prendre le temps de repérer votre salle de passage.
- **Mettez-vous dans votre bulle :** écoutez une musique que vous aimez, évitez les réseaux sociaux, etc.
- **Cinq minutes avant** l'heure à laquelle vous devez vous présenter à l'examen, rapprochez-vous de votre salle de passage et pratiquez tranquillement la respiration abdominale (→ ***p. 127***).

BILAN DE L'ÉTAPE 4

AUTO-BILAN

	Fait	Besoin d'aide
☆ **J'APPRENDS À ORALISER MON DISCOURS**		
J'ai fait la fiche de mots.		
J'ai fait la boussole à entretien.		
J'ai fait « La répétition générale ».		
☆ **J'APPRENDS À PORTER MA VOIX**		
J'ai choisi au moins deux exercices parmi ceux proposés.		
☆ **J'APPRENDS À MAÎTRISER MON CORPS**		
J'ai choisi au moins deux exercices parmi ceux proposés.		
J'APPRENDS À GÉRER MES ÉMOTIONS POUR LE JOUR J		
J'ai choisi au moins deux exercices parmi ceux proposés.		

Je me suis entraîné·e à l'oral : ☐ Oui ☐ Non	Validation tuteur

BILAN COMPLET

LE CONSEIL MALIN
Si vous ne pouvez pas vous entraîner en classe ou si vous voulez vous entraîner avant votre passage en classe, enregistrez-vous et écoutez votre fichier audio ou vidéo pour remplir la grille suivante. N'ayez pas peur ! Se réécouter ou se revoir fait bizarre au début, mais c'est un très bon entraînement qui vous permet de vaincre votre stress le jour J.

MA GRILLE D'AUTO-ÉVALUATION

	Très insuffisant	Insuffisant	Satisfaisant	Très satisfaisant
☆ QUALITÉ ORALE DE L'ÉPREUVE				
Débit				
Pauses				
Volume de la voix				
Articulation				
Intonation variée				
Maîtrise des tics de la langue				
Position du corps				
Maîtrise des gestes, des mimiques				
Regards vers l'auditoire				
Respect du temps imparti				

☆ **QUALITÉ DE LA PRISE DE PAROLE EN CONTINU**				
Fluidité du discours				
Respect du temps imparti				
Qualité des connaissances				
Précision des idées				
Pertinence des exemples				
☆ **QUALITÉ DE L'INTERACTION**				
Juste compréhension du propos du jury				
Pertinence des réponses				
Sens de l'écoute				
Respect de la parole du jury				
Utilisation de la langue française avec rigueur, clarté et précision dans le vocabulaire				
☆ **QUALITÉ DE LA CONSTRUCTION ET DE L'ARGUMENTATION**				
Introduction accrocheuse				
Annonce du plan dès l'introduction				
Plan suivi sans hésiter pendant toute la présentation				
Présence d'une conclusion nette				
Liens et enchaînements logiques, progression				

Pour recommencer MINI-LIENS minilienrobert.com/1GC

MON BLOC-NOTES

N° éditeur : 10270565 - Dépôt légal : avril 2021
Achevé d'imprimer en France, en mars 2021, par l'imprimerie Clerc à Saint-Amand-Montrond